DIS-MOI DE MENTIR

CHARLOTTE BYRD

BYRD BOOKS, LLC

À PROPOSE DE DIS-MOI DE MENTIR

Il fut un temps où ma dette était le seul lien que nous avions.

Il fut un temps où je ne pouvais pas lui dire à quel point je l'aimais et il ne pouvait pas me dire.

Il fut un temps où je pensais ne jamais avoir assez d'argent.

Maintenant, tout est différent.

Nicholas Crawford est un étranger qui devient de plus en plus étrange à chaque instant.

J'avais l'habitude de penser que je pourrais faire une vie avec lui, mais maintenant je n'en suis pas si sûre.

Nous avons trop vécu.

Mais il fait un pas de plus.

Puis il me dit quelque chose à l'oreille.

Puis appuie ses lèvres sur ma bouche.

Tout à coup, tout ce qui n'allait pas commence à sembler parfait...

Lisez la conclusion épique de la série addictive Dis-moi de l'auteur à succès Charlotte Byrd.

ÉLOGES FAITS A CHARLOTTE BYRD

« Décadent, délicieux et dangereusement addictif ! » — Avis ★★★★★

« L'érotisme si magistralement tissé qu'aucun lecteur ne peut y résister ! Un INCONTOURNABLE ! » — Bobbi Koe, Avis ★★★★★

« Captivant ! » — Crystal Jones, Avis ★★★★★

« Excitant, intense, sensuel » Rock, Avis ★★★★★

« Sexy, mystérieux, palpitant... » Mrs K, Avis ★★★★★

« Charlotte Byrd est une auteure remarquable. J'ai lu beaucoup de ses livres, j'ai ri et pleuré. Elle a une écriture équilibrée avec des personnages brillants. Bravo ! » — Avis ★★★★★

« Rapide, sombre, addictif et percutant » — Avis ★★★★★

« Chaud, torride et une intrigue géniale. » — Christine Reese ★★★★★

« Oh la la... Charlotte a fait de moi une fan à vie » — JJ, Avis ★★★★★.

« La tension et l'alchimie sont au niveau d'alerte cinq. » — Sharon, Avis ★★★★★

« Chaud, sexy, le voyage fascinant d'Ellie et M Aiden Black. » — Robin Langelier ★★★★★

« Waouh. Tout simplement waouh. Charlotte Byrd me laisse sans voix et humble... Il m'a tenue en haleine. Une fois que vous l'ouvrez, vous ne pourrez plus le poser. » — Avis ★★★★★

« Sexy, torride et captivant ! — Charmaine, Avis ★★★★★

"Intrigue, luxure et de superbes personnages... que demander de plus ?!" — Dragonfly Lady.

"Un livre incroyable. Une lecture excitante, très

divertissante, captivante et intéressante. Je ne pouvais pas le poser." — Kim F, Avis ★★★★★

"C'est tout simplement la meilleure histoire. Tout ce que j'aime et plus. Une histoire tellement géniale que je la relirai encore et encore. À conserver !!" — Wendy Ballard ★★★★★

"Il y a le nombre parfait de revirement de situations. Je me suis sentie instantanément lié à l'héroïne et bien sûr à M Black. MIAM. Le roman est excitant, insolent, torride. Il est tout." — Khardine Gray, auteur de romance à succès ★★★★★

INSCRIS-TOI À MA NEWSLETTER !

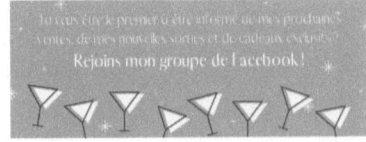

Tu veux être le premier à être informé de mes prochaines ventes, de mes nouvelles sorties et de cadeaux exclusifs ?
Rejoins mon groupe de Facebook !

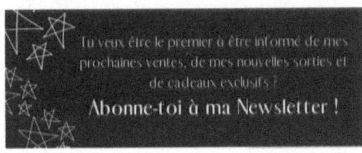

Tu veux être le premier à être informé de mes prochaines ventes, de mes nouvelles sorties et de cadeaux exclusifs ?
Abonne-toi à ma Newsletter !

La maison de York
La couronne de York
Le trône de York

Série Emmêlée Dans La Glace

Emmêlée Dans La Glace
Emmêlée Dans La Douleur
Emmêlée Dans La Dentelle
Emmêlée Dans La Haine
Emmêlée Dans l'Amour

Série Dis-moi d'Arrêter

Dis-moi d'Arrêter
Dis-moi de Partir
Dis-moi de Rester
Dis-moi de Fuit
Dis-moi de Lutter
Dis-moi de Mentir

À PROPOS DE CHARLOTTE BYRD

Charlotte Byrd est une auteure de best-sellers de romans contemporains. Elle vit en Californie du Sud avec son mari, son fils et un berger australien plein d'énergie. Elle adore les livres, le beau temps et les grandes eaux bleues.

Contactez-la ici : charlotte@charlotte-byrd.com

Trouvez ses autres livres ici : www.charlotte-byrd.com

Suivez-la ici : www.facebook.com/charlottebyrdbooks

Instagram : www.instagram.com/charlottebyrdbooks

Twitter : www.twitter.com/ByrdAuthor

Groupe Facebook : Charlotte Byrd's Reader Club

Tu veux être le premier à être informé de mes prochaines ventes, de mes nouvelles sorties et de cadeaux exclusifs ?

Abonne-toi à ma **Newsletter** et rejoins mon **Club de Lecteur** !

1

NICHOLAS

QUAND ILS M'ARRÊTENT...

LES MENOTTES SONT SERRÉES AUTOUR de mes poignets mais la douleur est loin d'égaler celle que je ressens dans mon cœur. C'est comme si Olive y avait planté un pic à glace, le brisant en mille morceaux.

J'essaie de respirer mais je m'effondre de douleur. Le siège à l'arrière de la voiture du policier est en cuir, frais contre mon corps. Je regarde par la fenêtre.

Les agents du FBI et les policiers locaux grouillent autour de mon véhicule. Je me force à prendre une autre respiration profonde et à chercher Olive.

Où est-elle ?

Où l'ont-ils emmenée ?

Si seulement je pouvais l'apercevoir, alors je saurais avec certitude si elle m'a trahi.

Ou vais-je ?

Ils sont seulement ici à cause d'elle. C'est elle qui m'a dénoncé. C'est elle qui les a conduits ici.

Au début, j'avais des doutes sur elle. Je me suis demandé si je devais lui faire confiance.

Je l'avais trahi, alors qu'est-ce qui me ferait penser qu'elle ne me trahirait pas aussi ? Malgré tout, après lui avoir parlé au téléphone, j'ai eu l'impression qu'elle me croyait.

Je répète chaque mot que nous nous sommes dit, d'abord au téléphone, puis en personne. Je cherche des indices indiquant qu'elle aurait pu mentir, mais rien ne me vient à l'esprit.

C'était si agréable de renouer avec elle. C'était si merveilleux de la tenir dans mes bras à nouveau. Elle me manquait tellement, peut-être que je m'étais juste convaincu qu'elle disait la vérité.

Je ferme les yeux et imagine mes lèvres sur les siennes.

Sa bouche est douce et envoutante et tout ce qu'elle a

toujours été. Était-ce un mensonge ? Notre relation n'était-elle que de la fiction et n'était-ce qu'un mensonge en fin de compte ?

Était-ce sa façon de me montrer combien je l'avais trahie ?

Il commence à neiger.

De gros flocons épais tombent du ciel. Quelqu'un m'apporte mon manteau et mes bottes du camping-car. On m'aide à les mettre. Trois flics se pressent autour de moi alors qu'ils attachent soigneusement mes poignets, craignant que je ne fuie.

Mais je ne le ferai pas. Ce serait une mission suicide.

Ils ne veulent pas simplement m'arrêter mais ils veulent me tirer dessus.

J'ai peut-être commis d'autres crimes, mais je n'ai jamais tué personne, encore moins mon partenaire ou mon ex-petite amie. Et je serais damné si je les laissais dire le contraire, et encore moins me tuer pour cela.

Je n'ai peut-être pas beaucoup de force maintenant, mais je les contredirai là-dessus. Ils ne vont pas salir mon nom avec des mensonges. Je n'ai jamais tué personne et je ne les laisserai pas me mettre en prison pour des crimes que je n'ai pas commis.

Un flic démarre la voiture et nous descendons lentement sur la route de gravier. La neige commence à tomber de plus en plus vite et les essuie-glaces s'activent ardemment pour maintenir le pare-brise propre.

Les chasse-neiges ne descendent généralement pas aussi loin dans les bois et je me demande si le reste de la police qui encercle mon véhicule de camping disparaîtra avant que la majorité de la tempête de neige ne survienne.

Je m'assieds contre le siège et regarde les flocons de neige danser devant la fenêtre. Je n'ai jamais été en prison, mais j'ai entendu parler du manque de temps à l'extérieur.

Sera-ce la dernière fois que je vois le ciel ?

Est-ce la dernière fois que je verrai les flocons de neige comme un homme libre ?

Alors que nous sortons sur la grand-route et nous dirigeons vers le commissariat, mes pensées reviennent à Olive.

Et si elle ne m'avait pas trahi ?

Et s'ils la suivaient et qu'elle les avait conduits à moi par accident ?

Je desserre mes poings et prends une respiration.

Cette fois, mon cœur n'a pas l'impression de se briser en un million de pièces différentes.

D'accord, me dis-je. Maintenant quoi ?

Je prends une autre respiration. Plus profonde cette fois. L'air entre et sort de mes poumons et mon corps commence à se détendre.

Est-ce que cela signifie... ce que je veux que cela signifie ?

Est-ce que cela signifie que peut-être qu'elle ne m'a pas vraiment trahi ?

Peut-être qu'ils l'ont juste suivie ?

Mon corps semble certainement penser cela, et pendant un moment je le laisse faire. Mais alors la partie rationnelle de moi prend le dessus. Cette partie ne se soucie pas beaucoup des sentiments et des émotions. La seule chose qui compte est la probabilité que quelque chose soit vrai. Et dans ce cas ?

Oui, peut-être que le FBI l'avait bien surveillée. Mais l'auraient-ils suivie depuis la Californie ?

Est-ce qu'elle ne les aurait pas remarqués ?

Comment ont-ils pu savoir qu'elle venait ici ? Nous avons communiqué en utilisant des téléphones à carte jetable afin que nos appels soient intraçable.

Mon cœur commence à se serrer de nouveau alors que la vérité fait surface. Même s'il est tout à fait possible qu'elle les ait conduits ici, c'est peu probable. Ce qui est plus probable, c'est qu'Olive savait exactement ce qu'elle faisait. Elle m'avait trahi, exprès, probablement pour me réprimander pour ce que je lui avais fait.

La salle d'interrogatoire est aussi indescriptible et vide de toute vie que celle que vous voyez à la télévision. Il n'y a aucune fenêtre et seulement une porte.

Je m'attends à un miroir sans tain, mais ils n'en ont même pas.

Au lieu de cela, il y a deux caméras montées au plafond, une en face de moi (le suspect) et l'autre en face de l'interrogateur. Je suis au poste de police local, mais c'est un agent du FBI qui entre en premier.

Il est grand et bâti comme un joueur de football, bien que ces jours soient bien derrière lui. Ses cheveux sont coupés courts, un look populaire parmi les méchants des téléfilms des années 1980. Il me pose une série de questions auxquelles je n'ai aucune intention de répondre ni même de justifier par une réponse. Lorsqu'il voit que ça le mène nulle part, il se retire et envoie un remplaçant.

Maigre et mince, il n'a pas l'air d'avoir beaucoup plus de la trentaine et pourtant je peux dire qu'il a fait le tour de pas mal d'affaires dans sa carrière. Il ne dégage pas la même énergie maladroite que l'autre et semble plus menaçant avec son attitude. Si c'était quelqu'un d'autre, j'aurais peut-être ressenti cela. Le premier gars jouait le rôle d'un bon flic et celui-ci est définitivement le méchant flic.

— Écoutez, vous n'avez pas besoin d'essayer de me faire peur, dis-je, assis dans le fauteuil le plus inconfortable de la planète. Je vous l'ai déjà dit, à vous et à l'autre gars. Je veux parler à mon avocat.

— Vous n'en avez pas, fait-il remarquer.

— J'ai le droit à un avocat, non ? On est toujours en Amérique ?

À contrecœur, l'agent du FBI hoche la tête.

— J'aimerais appeler un avocat et tant que je ne l'ai pas avec moi, je ne dis pas un mot de plus.

L'agent du FBI, dont j'ai déjà oublié le nom, croise les bras sur sa poitrine et souffle l'air frustré.

— Cela ne va pas aider votre situation, dit-il finalement. Si vous nous parlez et expliquez, je pourrais peut-être vous aider.

Avec mes bras enchaînés de chaque côté de la table, je ne peux pas bouger, je me redresse donc un peu et le regarde droit dans les yeux.

— Je ne crois pas, petit, dis-je lentement puis je m'assois.

Sans un mot, il quitte la pièce.

Je lève les yeux vers la caméra et fais un clin d'œil. Je n'allais pas loin, mais au moins, je ne leur ai rien donné de ce qu'ils cherchaient.

Souvent, les flics n'en savent pas autant que ce qu'ils veulent vous le faire *croire*. Alors, ils veulent faire valoir leurs arguments en vous parlant. C'est tentant, bien sûr. Vous êtes enchaînés et vous voulez expliquer en quoi tout cela est une terrible erreur. Mais je me force à me taire.

Quand la poignée de porte tourne, je me prépare pour un autre agent du FBI.

Le bon flic n'a pas fonctionné.

Le mauvais flic n'a pas fonctionné.

Alors, qu'est-ce qu'ils vont me lancer maintenant ?

— Bonjour Nicholas, dit Art Hedison et mon rythme cardiaque s'accélère.

2

NICHOLAS

QUAND JE LE VOIS…

JE FIXE mon regard sur lui, sans avoir l'air d'avoir peur, ni même d'être surpris de le voir. Non, cet enfoiré ne mérite pas un sursaut de ma part.

— Comment ça va ? demande-t-il.

Mon esprit fait rapidement le tour de toutes les explications et réactions possibles. Qu'est-ce que je devrais dire ? Comment devrais-je agir ?

— Je vais bien, vu les circonstances, dis-je avec un haussement d'épaules. Et toi ?

— Bien, bien, dit-il en hochant la tête.

Il me regarde et je regarde en arrière.

Nous savons tous les deux pourquoi il est ici. Les deux premiers agents du FBI n'ont rien pu obtenir de moi, alors il est là pour faire ce qu'ils ne peuvent pas faire.

Il est là pour me faire admettre quelque chose.

Il est là pour me secouer.

Il est là pour me briser.

— Es-tu surpris de me voir ?

Je hausse les épaules.

— Je suis sûr que tu ne pensais plus jamais me revoir après cette journée au centre commercial.

C'est ce qu'on appelle « orienter le témoin » . Je ne mords pas avec l'hameçon. Je me rassois simplement dans mon fauteuil et relève le menton.

— Tu te souviens de ce jour-là, Nicholas ?

— Je ne sais pas de quoi tu parles, dis-je.

— Nies-tu le fait que nous nous sommes rencontrés au centre commercial ? demande-t-il en haussant les sourcils.

Mes pensées reviennent à notre dernière rencontre. C'était en public avec beaucoup de monde et, plus important encore, avec des caméras enregistrant chacun de nos mouvements.

— Peut-être, dis-je en penchant la tête d'un côté. Peut-être pas. Je vais te dire ce que j'ai dit aux deux autres agents. Je n'admets rien ou ne confirme rien avant que mon avocat n'arrive. Je connais mes droits et j'ai l'intention de les utiliser.

— Ce serait une très grosse erreur, Nicholas. Parce que tu vois, je peux t'aider. Je suis là pour toi.

Comme tu étais là pour moi avant ? Suis-je tenté de dire. Quelle putain de blague !

— Je suis juste ici pour aider. Je sais que tu as ta version de l'histoire et je sais que tu n'as tué personne.

Il me fait hésiter.

Il dit qu'il me croit alors que nous savons tous les deux que ce n'est pas le cas.

Et même s'il c'est le cas, ça reste tout de même un mensonge. La seule raison pour laquelle il est ici est pour obtenir des aveux.

— Je sais que tu n'as tué personne, dit Art en se

penchant plus près de moi. Le truc, c'est qu'eux ne le savent pas.

Il fait un signe de tête à la caméra alors qu'il prononce le mot « eux » . Il est à mes côtés. Il essaie de redevenir mon ami.

— J'avais le choix, Nicholas. Ils ont découvert ma petite indiscrétion et les affaires intérieures me poursuivaient. La seule façon de m'en sortir était de leur dire ce que je sais de toi.

— Cela ne ressemble pas à des excuses, dis-je, les mots s'échappant de mes lèvres avant que je puisse les arrêter.

— Je suis désolé. Je le suis, dit-il en se penchant de nouveau plus près de moi. Mais je suis là pour t'aider. Pour de vrai.

Je passe mes doigts sur les menottes autour de mes poignets et sens la finesse du métal.

— Je t'ai vu à la télévision, dis-je lentement. Tu as été interviewé sur différents programmes en disant toujours à quel point je suis dangereux et que j'ai tué mon partenaire.

L'expression sur le visage d'Art change d'impatient a surpris. Il ne s'y attendait pas.

— Quel est le problème ? je continue. Tu pensais qu'ils diffusaient vers une chaîne privée plutôt que vers des millions de foyers à travers le pays ? Ou ne t'attendais-tu pas à ce que je le voie ?

— Je devais le faire, Nicholas. Mon patron voulait que je le fasse. Nous avons dû créer du buzz autour de ton cas. Nous devions avoir l'aide du public pour te trouver.

J'exhale profondément.

— Qu'est-ce que tu veux de moi, Art ? demandé-je.

— Je veux que tu me permettes de t'aider. Je sais que tu n'as pas tué ton partenaire ou ton ex-petite amie.

— Vraiment ? Parce que les accusations qu'ils me lisent disent le contraire.

Art me regarde. Mes yeux croisent les siens et aucun de nous ne détourne le regard.

— Ils ont un dossier solide, Nicholas. Tu étais avec ton partenaire quand c'est arrivé. Tu venais de faire un gros coup, ça valait des millions. Les gens ont tué leurs partenaires pour beaucoup moins.

C'était mon meilleur ami, je suis tenté de le dire. Je ne ferais jamais rien de tel.

Mais je m'efforce de me taire.

— Tu n'as pas d'alibi pour cette nuit. Il y a des rapports de témoins oculaires de personnes qui vous ont vu dans la région. Nous avons même des enregistrements vidéo de toi dans un magasin à proximité.

— Y a-t-il une raison pour laquelle tu me racontes tout ça ? demandé-je avec suffisance.

— Bien sûr. Je veux que tu comprennes le dossier que nous avons sur toi. Je veux aussi que tu saches que tu peux me faire confiance. Tu dois raconter ce qui s'est réellement passé pour que je puisse t'aider à sortir de ce pétrin.

Il essaie d'être mon ami et, je dois l'avouer, il fait du bon travail.

— Une fois que ton avocat sera là, je ne pourrai plus t'aider, ajoute-t-il.

Je ris.

— Qu'y-at-il de si drôle ? Tu ne me crois pas ?

— Tu es tellement prévisible, Art. Je pensais que tu aurais une meilleure réplique que ça.

— Ce n'est pas une réplique. C'est la vérité, insiste-t-il.

Je le regarde à nouveau. Il attend que je dise quelque chose et j'attends de rassembler mes pensées et de déterminer exactement ce que je veux dire.

Un mot mal placé peut m'envoyer en prison pour la vie ou pire.

Non, en cas de doute, ferme ta putain de bouche. Cela devrait être la devise de chaque personne qui a déjà été arrêtée.

Le but n'est pas d'expliquer aux flics.

Il n'y a pas d'indulgence.

Il n'y a pas de prolongement excessif.

Tout ce que vous dites peut et sera utilisé contre vous devant les tribunaux, du moins dans ce pays. Cela signifie que vous avez tout intérêt à rester silencieux, peu importe à quel point vous voulez parler pour vous défendre.

Je suis tenté de remettre en question leurs rapports de témoins oculaires ou leurs enregistrements vidéo. Je suis tenté d'en savoir plus sur ce qu'ils ont mais ils ne partageront que des choses qui me rendront encore plus curieux.

— Je ne sais pas de quoi tu parles, dis-je, assis dans mon fauteuil. Je fais une autre demande pour voir un avocat. J'ai déjà dit au policier dans la voiture sur le chemin d'ici, aux autres agents du FBI et à toi. J'ai le droit d'être défendu et c'est ce que je veux.

3

___

OLIVE

QUAND JE LE VOIS...

Q<small>UAND ILS L'</small>É<small>LOIGNENT</small> de moi et le menottent, je m'effondre sur le sol. Deux policiers doivent me tenir afin que je me maintienne debout, mes jambes se relâchant complétement. Quelqu'un commence à me parler et quand je ne réponds pas, une autre personne intervient. Mais je ne les entends pas.

Un fort bourdonnement résonne dans ma tête, bloquant tout son entrant. Je vois leurs bouches bouger et les vois me tirer par les bras en essayant de me positionner ici et là mais je ne réponds pas. C'est comme si tout arrivait à quelqu'un d'autre. Est-ce possible ?

Un peu de temps s'écoule avant que le choc

disparaisse. Les flics se regroupent à l'extérieur, tenant leur veste autour du cou alors que la neige commence à tomber. Je regarde par la fenêtre pour essayer d'entrevoir Nicholas mais ils l'ont emmené dans une voiture au bord de la route. Je ne peux pas le voir et il ne peut pas me voir.

A quoi doit-il penser en ce moment ?

Mon cœur se serre alors que ma respiration devient plus laborieuse. Et si... je ne me laisse pas y aller au début. Mais alors je ne peux pas empêcher les pensées de s'inonder.

Et s'il pense que c'est moi ?

Et s'il pense que je les ai conduits ici, exprès ?

Quelqu'un me parle à nouveau mais ses paroles ne sont pas traitées. Quand il me tend mes vêtements, je les mets. Quand il me tend mon manteau, je le mets. Quand il me tend Solly, je le prends dans mes bras et lui caresse la tête, laissant échapper un profond soupir de soulagement.

En fait, j'avais oublié que j'ai un chat. Quoi qu'il arrive, je dois m'assurer qu'il va bien.

Une forte rafale de vent s'engouffre dans mon manteau

ouvert lorsque je sors. Un autre flic me tend mon chapeau et je ferme la fermeture éclair pour éviter le froid.

Ils me montrent une voiture et me mettent à l'arrière.

Je boucle la ceinture de sécurité et ne prends pas la peine de demander où nous allons. Ils ont des questions auxquelles ils veulent que je réponde. Solly ronronne sous mes doigts tandis que j'essaie de comprendre ce que je devrais et ne devrais pas leur dire à propos de Nicholas.

Il est sur la liste des personnes les plus recherchées par le FBI.

Il a un mandat d'arrêt pour son arrestation.

Le fait que j'ai été retrouvé dans sa caravane, avec lui, signifie qu'ils voudront me condamner pour avoir aidé et encouragé un fugitif.

Je ne suis pas sûre qu'ils puissent ou non le prouver, mais ce que je leur dirai sera d'une importance capitale.

La salle d'interrogatoire est petite et sans fenêtre et ils me permettent de garder Solly sur mes genoux et m'offrent même quelque chose à boire. Mes os sont congelés, j'opte pour du thé chaud.

Le premier agent du FBI se présente et prend place devant moi. Ses yeux sont gentils, tout comme son attitude, mais je sais que ce n'est qu'une façade. Ils sont gentils maintenant parce que j'ai quelque chose qu'ils veulent.

Mais quoi ?

Quelque chose pour les aider à faire valoir leurs arguments contre Nicholas.

Quoi que je dise ou ne dise pas, je sais que je dois le protéger. Je ne peux pas les laisser s'en prendre à lui pour quelque chose qu'il n'a pas fait.

— Votre petit ami a beaucoup de problèmes, dit l'agent, assis dans son fauteuil.

— Ex-petit ami, je le corrige même si cela me fait mal de dire le mot.

— Est-ce vrai ? Vous n'avez pas passé la nuit avec lui ?

— Cela ne veut pas dire que nous ne sommes pas des exes, dis-je en haussant les épaules. Nous avons rompu et c'était juste une brève réunion, rien d'autre.

L'agent acquiesce mais indique clairement qu'il n'est pas convaincu que je dise la vérité. Mon cœur commence à s'emballer. Je frotte Solly derrière les oreilles jusqu'à ce que ma pression artérielle baisse.

— Nicholas Crawford est un homme dangereux, dit l'agent.

— Je ne sais pas de quoi vous parlez, j'insiste.

— Il est recherché par le FBI, il fait partie de nos dix personnes les plus recherchées. Je suis sûr que vous avez vu les émissions...

— Non, dis-je en secouant la tête, ressemblant le plus possible à un cerf devant des phares.

Si je peux les convaincre que je ne sais rien, c'est ma meilleure chance de sortir de ce pétrin sans aucune accusation.

— Il y a eu des programmes sur 20/20, Dateline, toutes les grandes chaines...

— Comme je l'ai dit, je l'interromps. Je ne regarde pas la télévision et je ne savais rien de cela.

— Qu'en est-il de votre génération et de la coupure du cordon , murmure l'agent dans un souffle. Je veux dire, que diable faites-vous de votre temps libre si vous ne regardez pas la télévision ?

— J'aime lire et regarder Netflix, dis-je innocemment.

— Dites-moi ce que vous savez de son ancien partenaire.

— Je ne sais pas grand-chose. Nicholas n'a jamais beaucoup partagé avec moi. C'est l'une des raisons pour lesquelles nous avons rompu.

— Oh, vraiment ? dit quelqu'un en entrant dans la pièce. Je regarde l'agent et constate que la voix appartient à Art Hedison.

Je déglutis difficilement mais ne le laisse pas me voir transpirer.

— Je sais que Nicholas et toi êtes très proches, dit Art, s'installant entre l'agent et moi. Je hausse les épaules.

Pendant un moment, j'envisage de faire semblant de ne pas savoir qui il est, mais nous l'avons déjà rencontré avant sa rencontre avec Nicholas au centre commercial.

— Quel est ce regard sur ton visage, Olive ? Tu ne te souviens pas de moi ?

— Je me souviens que vous m'aviez interrogée sur des peintures que vous pensiez que j'avais volées, ce que je n'ai pas fait, dis-je.

Il n'avait aucune preuve et espérait en finir avec ses questions mais je ne lui en ai donné aucune. Et je ne vais le faire pas à présent.

— Olive, je sais que tu sais que je travaillais avec Nicholas. Tout le monde sait ça.

— Non, dis-je avec un haussement d'épaules. Je ne sais pas de quoi vous parlez.

— Ça va être beaucoup plus facile si tu coopères. Nous savons que tu n'es pas impliquée dans cette affaire, tu n'as donc rien à cacher.

— Si vous le savez, alors pourquoi suis-je ici ? je demande. Qu'est-ce que vous voulez de moi ?

— Nous voulons que tu nous parles de Nicholas. Tout ce que tu sais.

Je prends un moment pour y réfléchir. — Je sais qu'il n'a tué personne, dis-je. Je sais que vous avez la mauvaise personne.

— Nous ne le pensons pas, dit Art en secouant la tête, exposant le cas qu'ils ont contre lui.

Des millions ont été volés.

Les gens sont tués pour moins que ça.

Il y a une vidéo surveillance d'un magasin voisin le montrant dans les environs.

J'écoute toute l'histoire, je le remercie et répète que je ne sais rien à ce sujet.

À l'extérieur, j'agis comme si j'étais en fer. Rien ne peut me faire mal.

Mais à l'intérieur, je tremble.

Et s'il avait fait cette chose horrible ?

Et si Nicholas est un meurtrier comme mon frère l'a toujours pensé ?

Les heures s'écoulent, nous tournons en rond et nous n'allons nulle part.

Deux autres agents essaient de me faire sortir de ma coquille mais je reste sur mes positions. Je demande un avocat et les presse d'engager des poursuites ou de me laisser partir.

Ils ne répondent pas et continuent à me bombarder de questions. Enfin, j'en ai assez.

Je me lève et dit que je m'en vais.

Je retiens mon souffle en sortant de la station, attendant qu'ils me menottent et m'arrêtent mais ils ne le font pas.

4

OLIVE

Les flics et le FBI m'ont gardé pendant des heures dans leur salle d'interrogatoire, alternant entre m'avoir juste assise là à regarder les murs et à dire à une personne après l'autre que j'aimerais voir un avocat.

Dehors, je respire l'air frais de la première tempête de neige de la saison et j'ouvre la bouche pour laisser un flocon de neige se poser sur ma langue. Quand cela se produira, je me promets de découvrir la vérité sur Nicholas.

J'enroule mon manteau, le serrant plus fort autour de Solly afin de m'assurer qu'il ne craigne pas le froid (les chats peuvent-ils attraper un rhume ? Je n'en ai aucune idée) et me dirige à bon escient vers le parking, puis vers le restaurant le plus proche.

Vingt-quatre heures plus tard, je marche dans la rue boueuse devant l'aéroport international de Logan à la recherche de mon Uber. Le chauffeur essaie d'engager une conversation mais je suis trop fatiguée pour répondre. Il mentionne que je suis chanceuse d'embarquer à ce moment là parce qu'ils annulent des vols tout au long de la côte Est. Apparemment, le premier gros blizzard de la saison est sur le point de frapper.

Je paye son pourboire sur mon téléphone et lance mes affaires à l'étage. Je n'ai pas grand-chose à part une petite valise, mais c'est comme si j'essayais de marcher jusqu'à mon appartement avec deux grands sacs polochons remplis de briques.

Je ne songe pas à frapper avant de voir l'air surpris de Sydney. Je suis partie pendant un long moment. J'ai commencé une nouvelle vie en Californie et elle ne s'attend certainement pas à me voir ici ce soir.

— Je suis vraiment désolée, je murmure dans son oreille. Je ne voulais rien interrompre, je devais juste rentrer à la maison.

Après une longue étreinte, nous nous éloignons l'une de l'autre et elle me demande comment je vais.

La question est tellement chargée que je ne sais même pas comment y répondre.

Au lieu de cela, je fais quelques pas dans le hall et vois qu'elle joue l'hôtesse. Sa mère et James sont assis autour de la table de la salle à manger avec des expressions polies sur leurs visages.

Je suis tentée de dire un petit coucou, de leur présenter Solly et d'aller me réfugier dans ma chambre. Mais je ne veux pas être impolie alors j'attends le signal de Sydney.

Je la regarde en essayant de comprendre ce qu'elle attend de moi. Ils m'invitent à les rejoindre pour le dîner et quand Sydney me fait signe de son approbation, j'acquiesce. Ce serait mentir si je disais que je ne meurs pas de faim. Un de mes restaurants préférés propose une cuisine italienne fraîchement commandée et James me sert un grand verre de vin rouge.

La conversation est centrée sur moi et mon voyage en Californie avec la mère de Sydney qui m'empêche de parler de ses expériences à Palm Springs. Presque deux heures plus tard, le dîner, le dessert et le café sont enfin terminés et je me retire dans ma chambre juste après le départ de chacun.

— Qu'est-ce que tu fais ici ? intervint Sydney, alors que j'enfile un pyjama ample et me glisse sous les couvertures.

— C'est une longue histoire.

— Nicholas a été arrêté, dit-elle. J'ai lu ça sur internet.

— Alors, je suppose que c'est une histoire courte.

— Qu'est-ce qui se passe, Olive ?

Je prends une profonde respiration.

— Je suis allée le voir. Je devais lui parler. J'ai fini par rester la nuit...

— Olive, m'avertit Sydney.

— Ce n'est pas comme ça. C'est une bonne personne, Syd. C'était une erreur.

— C'est un escroc.

Je secoue la tête.

Je veux dire, c'est vrai, mais je le suis aussi.

Et il ne m'a pas trompée. Pas vrai ?

— Ils l'ont arrêté pour meurtre, Olive. Ils ne le feraient pas s'il était innocent.

— Ils arrêtent des innocents tout le temps, dis-je.

Elle déplace son poids sur son pied arrière.

Elle sait que ce que je dis est vrai, elle ne veut tout simplement pas l'admettre.

— Comment sais-tu qu'il est innocent ?

Je tapote le bord du lit en lui insinuant de s'asseoir.

Elle le fait et je lui raconte tout ce qui s'est passé qui m'a conduit au Montana, y compris comment j'ai trouvé Solly. Elle caresse sa tête et lui donne un petit bisou pendant qu'elle écoute.

— Je pensais que tu n'aimais pas les chats. Je souris.

— Normalement, non.

— Sydney, je suis ici pour découvrir la vérité, dis-je, assise contre la tête de lit touffue. À propos de Nicholas. À propos de ce qu'il a fait et n'a pas fait. Je ne pense pas qu'il ait tué son partenaire. Je ne pense pas qu'il ait tué son ex-petite amie mais je dois aller au fond des choses. J'ai besoin de connaître la vérité. Je le mérite.

— Bien sûr que oui, insiste-t-elle. Mais comment ?

— Je n'en ai aucune idée.

Nous restons assises en silence pendant un moment jusqu'à ce que j'oriente la conversation vers elle.

Une des dernières fois que nous avons parlé, elle a surpris James la trompant.

Elle m'a appelé en larmes, complètement désemparée et brisée.

Mais aujourd'hui, il était assis là avec sa mère comme si de rien n'était. J'ai joué le jeu pour elle quand je suis arrivé pour la première fois, ne voulant pas faire de scène, mais maintenant je veux connaître la vérité.

— Qu'est-ce qui se passe avec James ? demandé-je.

Elle détourne le regard.

Elle veut que je change de sujet mais je refuse.

J'attends simplement qu'elle réponde. Après quelques minutes, elle prend une profonde respiration.

— Il m'a supplié de le reprendre, dit-elle doucement.

— Et tu as dit oui ?

— Il a promis qu'il ne ferait plus jamais rien de tel

— Alors tu lui as pardonné ? demandé-je.

Elle secoue la tête.

— Pourquoi était-il ici alors ?

— Ma mère, dit-elle doucement.

Je la regarde, ne comprenant pas bien ce qu'elle essaie
de dire.

— J'étais sur le point de lui dire ce qui s'était passé,
mais elle ne cessait de dire à quel point il était
formidable et comment, s'il se passait quelque chose, je
serais celle qui ferait tout foirer... je n'ai pas pu lui
dire.

Je reste bouche bée.

— Alors, vous vous êtes remis ensemble ? demandé-je.

— Il m'a supplié de le reprendre et je l'ai en quelque
sorte fait. Pour ma mère.

— Sydney, dis-je en secouant la tête.

— Je ne voulais pas qu'elle soit déçue. Je ne voulais pas
qu'elle ait une raison de plus de penser que j'étais
nulle.

— Mais c'est lui qui est nul, j'insiste. C'est lui qui t'a trompée. Sûrement, elle comprendrait cela et ne voudrait pas que tu sois avec quelqu'un qui t'a trompée.

Mais Sydney secoue la tête. Je l'entoure de mes bras et la serre pendant un moment.

— Elle me le reprocherait, dit finalement Sydney.

Nos yeux se croisent et je regarde les siens en essayant de comprendre de quoi elle parle.

— Elle me reprocherait de l'avoir fait me tromper, marmonne-t-elle. Je ne voulais pas lui en parler et je ne voulais pas en parler maintenant.

— Sydney, tu n'as pas à avoir honte ! lui crié-je après tandis qu'elle s'éloigne.

— On va se marier, dit-elle en claquant ma porte derrière elle.

5

OLIVE

QUAND J'ESSAIE DE SAVOIR QUOI FAIRE...

Le lendemain matin, nous nous retrouvons au petit-déjeuner. Je me sens beaucoup mieux et me sers un grand bol de muesli. Il n'y a pas de lait, alors je le mange sec.

Sydney et moi discutons sans vraiment aborder ce qui nous préoccupe. Je n'entre pas dans les détails sur ce qui s'est passé avec Nicholas et elle ne parle pas de James.

Je suis sûre que nous nous inquiétons toutes les deux et que nous pensons toutes les deux que nous faisons des erreurs, mais pour le moment, nous le gardons pour nous.

— OK, je ne peux plus le supporter, dis-je en finissant

ma tasse de thé et en versant un peu plus d'eau chaude dans la bouilloire pour la remplir. Je sais que tu penses que Nicholas a fait quelque chose de mal, mais il ne l'a pas fait. Du moins, je ne le pense pas et je suis de retour ici pour découvrir la vérité.

— Qu'est-ce que tu vas faire ?

— Je n'en ai aucune idée, mais je vais essayer de retrouver ses amis chez moi et d'aller au fond des choses.

— C'est une mauvaise idée, dit Sydney sans ménagement, comme si je ne le savais pas déjà.

Les personnes avec lesquelles il s'est associé à l'époque étaient au mieux des membres de la mafia et au pire des meurtriers de sang-froid. Qui sait dans quel genre d'affaires ils ont été impliqués et qui sait ce qu'ils vont me faire pour l'atteindre ? Je le sais, sûrement mieux que Sydney.

Mais je dois essayer.

Je n'ai pas d'autre choix.

Sinon, je ne pourrai pas me le pardonner.

— Tu es une idiote si tu fais cela, dit Sydney en

prenant une poignée de muesli dans la boîte et en se l'enfournant dans la bouche.

— Bien sûr, je le suis, dis-je avec un haussement d'épaules. Je suis une femme amoureuse.

— Oh, ne sois pas comme ça. Elle secoue la tête. Ne sois pas stupide.

— Je dois découvrir la vérité sur Nicholas. Je l'aime et je ne peux pas continuer à l'aimer sans le savoir. S'il l'a fait, alors c'est fini, mais s'il ne l'a pas fait, je me battrai pour lui.

Sydney se lève et va au lavabo. Elle détourne son corps du mien et je sens que quelque chose ne va pas en voyant ses épaules se contracter.

— Quoi ? Qu'est-ce qu'il y a ? demandé-je. Elle ne répond pas alors je réessaye.

— Il va partir très longtemps, Olive. Plusieurs années. Je ne veux tout simplement pas que tu sois l'une de ces femmes qui rendent visite à leurs proches en prison. C'est affreux. Je sais que la télévision donne un air romantique à ça, mais c'est merdique. Tu le sais. Je le sais.

Je n'y avait jamais pensé avant qu'elle n'en parle.

Des frissons me parcourent le dos.

Et si cela se produit ?

Et si je découvrais la vérité et qu'il était innocent et que cela ne suffisait toujours pas ?

Et s'il y a un procès et le condamnent quand même ?

Mon sang se glace.

Je craque mes articulations des doigts et regarde le sol.

Sydney et moi ne parlons plus beaucoup après ça. Je me réfugie dans ma chambre jusqu'à ce qu'elle se rende au travail et essaie de trouver une solution. Je n'ai aucune idée d'avec qui Nicholas a traîné à l'époque et même si je pouvais le joindre, il n'y aurait aucun moyen que j'obtienne des noms.

Il me disait simplement de rester à l'écart, ce qui est probablement un conseil judicieux, sauf que vous ne pouvez jamais rien découvrir sans poser de questions difficiles.

Il y a cependant une personne qui pourrait savoir.

Je consulte son profil sur Facebook et quand je lui envoie un message, elle répond assez rapidement.

Elle communique son adresse et, une heure plus tard, je me retrouve dans une très belle partie de la ville, près de Cambridge, où les villas de luxe dominent les trottoirs et les mamans super minces avec des poussettes à 15 000 dollars qui font de l'exercice dans le parc.

Je regarde l'adresse plusieurs fois, vérifiant que je me rends au bon endroit. C'est le dernier endroit où je m'attendais à ce qu'elle vive.

Nicholas ne m'a dit que quelques choses à propos de sa mère et de la façon dont il avait été élevé, mais la seule chose dont je suis sûre, c'est qu'il n'a pas grandi avec de l'argent. Et cet immeuble a de l'argent neuf écrit dessus.

Un portier ouvre la porte pour moi et demande qui je suis venue voir. Je lui dis son nom et après un sourire poli, il appelle à son appartement. Quelques minutes plus tard, je me tiens devant sa porte.

Je frappe deux fois et je retiens mon souffle.

— J'arrive ! crie-t-elle quelque part au fond de

l'appartement. Cela lui prend quelques minutes pour arriver ici.

— Olive ? demande-t-elle brusquement en ouvrant la porte.

— Oui, merci de me recevoir, Mme Crawford.

La mère de Nicolas agite la main et m'invite à l'intérieur. Il y a une cigarette entre ses deux doigts et, de l'autre main, elle tire un réservoir d'oxygène sur deux roues derrière elle. Il fait un bruit fort sur le plancher de bois franc et je me demande si cela causera des dommages après une utilisation continue.

L'appartement en lui-même est magnifique.

Il y a des fenêtres du sol au plafond donnant sur le parc ci-dessous. Les meubles semblent sortir tout droit du catalogue West Elm. La seule chose qui ne semble pas convenir est Mme Crawford.

Elle n'est pas très âgée mais en surpoids. Il y a des emballages de restauration rapide partout avec des bouteilles d'alcool vides et des canettes de bière. Sur la console derrière le canapé, j'aperçois des emballages de pilules. Elle ne cherche peut-être pas activement à se suicider, mais je ne suis pas sûre qu'elle n'y réussira pas à ce rythme.

— Que voulez-vous ? me demande Mme Crawford.

— Euh... je bégaie, ne sachant pas par où commencer.

— Tu as dit tu étais la petite amie de Nicky et tu avais des nouvelles pour moi.

— Oh, oui, bien sûr. Je hoche la tête.

Je regarde autour d'elle et oublie encore ce pour quoi je suis venue ici.

Cet appartement doit coûter au moins quatre mille dollars par mois.

Où trouve-t-elle ce genre d'argent ?

Nicolas l'a-t-il soutenue ?

— Si vous ne parlez pas, vous feriez mieux de sortir de ma maison, aboie Mme Crawford.

6

OLIVE

QUAND JE LUI PARLE…

Ressaisis-toi, me dis-je. Tu es venue ici pour découvrir quelque chose, alors n'agis pas comme un cerf devant des phares en lui faisant croire que tu es une idiote. Si tu veux savoir avec qui Nicholas était ami, tu dois d'abord lui donner quelque chose.

— Désolé, je suis un peu inquiète au sujet de tout ce qui s'est passé, dis-je en me raclant la gorge.

— Que voulez-vous dire ? demande Mme Crawford en tirant sur sa cigarette.

— Bien, vous voyez, Nicholas a été arrêté.

— Arrêté ? Elle sourit.

Je pensais qu'elle serait surprise, mais au lieu de cela,

elle s'assied simplement sur le canapé, secoue la tête et rit. Son rire est gras et étouffant, se formant quelque part au fond de son estomac et sortant comme un grognement. Au lieu d'exprimer de la joie, c'est du mépris.

— Ils l'ont arrêté pour avoir soi-disant tué son ancien partenaire dans la rue mais je ne pense pas qu'il l'ait fait, dis-je en essayant une autre approche.

Elle ne pense sûrement pas que son fils est capable de quelque chose comme ça.

Elle prend une autre cigarette et ajuste sa chemise de nuit surdimensionnée qui se ferme sur le devant. Il a de grandes fleurs roses qui ajoutent à son état général, bien qu'il soit probablement très confortable.

— Eh, qui diable sait de quoi ce gamin est capable, dit-elle.

— Il n'a pas fait ça, Mme Crawford, j'insiste.

— Vous ne le savez pas. Vous ne savez rien à propos de mon fils.

Je refuse d'accepter cela, même si une petite partie de moi la croit en quelque sorte. Cependant, je ne peux pas le lui faire savoir.

— Il a promis de payer pour cet appartement. Il m'a mis ici. Il m'a dit que mon vieux quartier était merdique et que je devrais vivre ailleurs. Je suis d'accord. Mais maintenant quoi ? Il ne m'a pas envoyé de loyer depuis deux mois. Un de plus et ils vont commencer une procédure d'expulsion, s'ils ne l'ont pas encore fait. Et puis je vais devoir bouger à nouveau. Savez-vous à quoi ça ressemble pour une femme de mon âge ?

— Je suis vraiment désolée pour ça, Mme Crawford.

Je ne sais pas quoi dire d'autre. J'étais sur le point de lui poser des questions sur ses anciens amis quand elle est allée sur ce coup de gueule et maintenant, il me semble juste de reconnaître sa situation difficile.

— Avez-vous de l'argent ? demande-t-elle.

Son franc-parler me fait faire un pas en arrière, comme si ses mots étaient en réalité un coup physique.

— Non... hum, non, je n'en ai pas.

Elle me regarde de haut en bas, analysant la valeur de mes chaussures jusqu'à mon manteau et mon écharpe.

— Je n'en suis pas si sûre.

Je ne sais pas du tout ce qu'elle a exactement vu dans ma tenue vestimentaire, mais cela ne me dit pas du tout que j'ai plus de vingt dollars à dépenser pour l'ensemble.

— Laissez-moi vous assurer que je n'ai pas d'argent. Et franchement, je ne savais même pas que Nicholas en avait.

Cette dernière partie est un mensonge et je regrette immédiatement de le dire dès que les mots ont échappé à ma bouche. Elle plisse les yeux et incline la tête d'un côté. Elle ne l'achète pas.

— Mon fils a toujours de l'argent, même s'il dit ne pas en avoir, lance-t-elle. Ou à tout le moins, il a un moyen d'en obtenir.

Je prends une profonde respiration. Mon approche actuelle de prendre mon temps et d'essayer de la mener dans la conversation que je veux avoir ne fonctionne pas bien. Il est temps pour moi de changer.

— Madame. Crawford, Nicholas a été arrêté pour meurtre. Je doute qu'il soit libéré sous caution.

— Qu'est-ce que vous voulez de moi ? me demande-t-elle quand je m'arrête un instant pour essayer de rassembler mes pensées.

— J'ai besoin que vous me disiez où je peux trouver certains de ses vieux amis de l'époque. Les gens avec qui il traînait. Quelqu'un doit savoir ce qui s'est passé. La vérité sur ce qui s'est passé.

— Oui, il a tué son partenaire pour garder tout le butin, dit-elle avec un sourire narquois. Qu'est-ce que tu crois qu'il est arrivé ?

— J'ai besoin de découvrir la vérité.

— C'est la vérité, crache-t-elle en retour. Vous perdez votre temps.

— Même si c'est le cas, pouvez-vous s'il vous plaît me dire où je peux les trouver ? Qui que ce soit.

Elle prend une longue cigarette et se dirige vers la fenêtre. Le réservoir d'oxygène émet un grincement aigu lorsqu'il roule sur le parquet.

— Venez ici, dit-elle en m'indiquant de l'approcher de son index. Je fais comme elle dit.

— Tu vois cette BMW en bas, toute recouverte de neige ? Je regarde où elle dans la direction qu'elle pointe et vois un nouveau modèle de SUV BMW garé au coin.

Nicholas m'a acheté cette voiture quand il m'a acheté cet appartement, dit-elle.

Ne sachant pas comment répondre, je murmure qu'il est un bon fils.

— Bon fils ? Vous pensez bien ?

Lorsque mes yeux rencontrent les siens, tout ce que je vois est colère et haine.

— C'est un bail, imbécile. Cet appartement est une location. S'il m'aimait vraiment, il aurait bien acheté ces choses. Mais ce n'est pas le cas, car c'est un idiot égoïste qui ne pense à personne sauf à lui-même.

Je sens que le vent m'a assommé.

Je veux le défendre mais je ne veux pas la mettre en colère. J'ai besoin d'elle pour me dire ce qu'elle sait. Alors, je me mords la langue et j'écoute.

— J'ai vraiment besoin de retrouver ses anciens amis, Mme Crawford, dis-je. Peut-être qu'ils auront des réponses pour que je puisse l'aider à sortir de prison.

— Vous ne savez vraiment pas avec qui vous jouez,

petite fille, dit-elle. Ces gars-là ne parlent pas. Ils sont dans la foule. Ils ne se retournent pars contre pas les uns les autres.

— Ce n'est pas ce que je veux qu'ils fassent. Je veux juste qu'ils me donnent des informations qui pourraient l'aider.

Elle secoue la tête et allume une autre cigarette.

— Vous perdez votre temps.

— Peut-être que c'est le cas, mais je dois faire quelque chose, dis-je. Sentant que je ne réussis pas, je cherche une autre approche.

— Et si par hasard je peux le faire sortir, je suis sûre qu'il sera heureux de payer à nouveau votre loyer et votre voiture.

Je peux dire que j'ai touché une corde sensible à la façon dont ses yeux s'illuminent comme si une ampoule clignotait au-dessus de sa tête. Enfin, elle a une raison d'aider.

— Il y avait un club-house où ils se retrouvaient tous auparavant. C'est dans le sud de Boston, pas un endroit dans lequel une jolie fille comme toi devrais y mettre les pieds. Je ne sais pas s'ils se rencontrent encore là-bas, mais ce sont des créatures avec des habitudes, dit Mme Crawford, éteignant sa cigarette. Mais je dois vous prévenir, si vous y allez, vous serez un mouton qui entre dans la tanière d'un loup. Et je ne dis pas cela à la légère.

7

OLIVE

QUAND JE PRENDS UNE DÉCISION...

JE NE PENSE PAS BEAUCOUP à la mère de Nicholas et je comprends pourquoi il ne m'a jamais présentée à elle auparavant. Je savais que sa relation avec elle était aussi compliquée que celle avec ma propre mère et que parfois, la meilleure chose à faire dans des situations comme la nôtre consiste simplement à enterrer notre chagrin et notre déception au fond de nous. Je sais que ce n'est pas la bonne chose à faire, mais c'est souvent la plus facile.

Ashley était la seule chose sur laquelle je débattais pour savoir si nous devions ou non parler de cette question. J'avais besoin d'elle pour me dire la vérité à propos de ses anciens amis et il se peut que je doive la suivre de nouveau. Je ne peux donc pas me résoudre à lui dire tout ce que pensais d'elle pour ce qu'elle avait fait à ma meilleure amie.

Ashley avait tellement souffert et elle gardait toute sa douleur en elle.

J'aurais souhaité qu'elle puisse s'ouvrir à moi juste une seule fois, peut-être qu'à ce moment-là j'aurais pu être en mesure de faire quelque chose.

C'était pour moi une occasion de dire quelque chose à la femme qui l'avait blessée mais je ne l'ai pas fait. Non pas parce que je ne voulais pas, mais parce que je ne voulais pas couper les ponts qui pourrais peut-être m'être utiles à l'avenir.

Plus tard dans la soirée, allongée sur mon lit, je réfléchis à mes options.

J'ai parcouru les rues transversales du club-house dont elle m'a parlé en ligne et examiné l'extérieur sur Google Maps. Je marcha virtuellement dans la rue en essayant de trouver le plus de renseignements possibles sur ce dans quoi j'allai m'embarquer. Bien sûr, il n'existe pas de données d'enregistrement vidéo en temps réel. Il est donc difficile de savoir quel type d'hommes je pourrais rencontrer.

La mère de Nicholas m'a averti qu'ils ne seraient pas heureux de me voir et que cela aggraverait même les choses. Nicholas les a doublés il y a longtemps et ils me verraient comme un moyen de se venger de lui. Il n'y a qu'un seul problème avec ce plan. Nicholas est enfermé et il ne sortira pas à moins qu'on me donne des informations.

Je suis tentée de dire à Sydney où je vais et de lui demander de l'aide, mais j'ai bien peur qu'elle fasse tout ce qui est en son pouvoir pour m'arrêter.

Pourtant, je ne peux pas y aller sans un moyen de me protéger.

Non, j'ai besoin d'un pistolet.

Je dois en acheter un, puis apprendre à m'en servir.

Mais si je veux l'utiliser et qu'il soit impossible de me tracker grâce à lui, je ne peux pas l'enregistrer à mon nom.

Je cherche "comment acheter un pistolet en ligne" et me renseigne sur tous les règlements existants ou inexistants.

Après quelques pages dans les résultats de la recherche, je tombe sur des forums où les gens peuvent se vendre des armes sans passer par des revendeurs agréés.

M'enfonçant de plus en plus dans ce trou de ver, je trouve rapidement les messages de propriétaires vendant des armes à feu sans numéro d'identification et ceux qui souhaitent les envoyer à quiconque, même ceux qui affirment ne pouvoir passer aucune vérification de leurs antécédents.

Après avoir envoyé un message à plusieurs personnes différentes à l'aide de mon graveur téléphonique et d'un faux nom, j'en trouve une qui est disposée à me rencontrer pour faire l'échange.

J'envisage de me le faire envoyer par la poste mais j'aimerais y aller demain. Ayant besoin d'un lieu de rencontre sûr, je suggère Starbucks.

Plus tard dans la soirée, après avoir attendu mon chai latte, un homme d'un certain âge, avec le col de son caban dressé, commence à bavarder avec moi.

J'avais observé l'homme rondelet dans le coin qui se cachait derrière son ordinateur portable en pensant qu'il pourrait être le vendeur, mais il s'avère que c'est cet homme sophistiqué aux chaussures noires polies.

Aucun de nous ne pose de questions. Au lieu de cela, il ouvre le sac qu'il porte et déplie le papier d'emballage brun qui l'entoure.

Je jette un coup d'œil par-dessus son épaule pour évaluer la marchandise. Idéalement, je pourrais le sortir et le sentir dans ma main mais dans ce cas, je dois prendre la parole d'un inconnu.

Je fouille dans mon propre sac à main et sors une enveloppe contenant les quatre cents en liquide. Il les compte rapidement en les plaçant dans son sac et en ouvrant l'enveloppe à l'abri des regards indiscrets.

Une fois que j'ai placé le pistolet, toujours bien enveloppé dans du papier, dans ma sacoche, l'échange est terminé. Il me fait un bref signe de tête et sort par la porte, jetant son verre dans la poubelle du coin.

Pendant ce temps, je me liquéfie dans la chaise au fond du coin. Je pose le sac fermement contre ma cuisse, prenant une gorgée de mon verre en déversant une partie sur moi. En regardant mes mains nettoyer le désordre, je vois enfin à quel point elles tremblent encore.

Mais ce n'est pas seulement le pistolet qui me fait peur, c'est le fait que je devrais m'en servir. Et bientôt.

8

OLIVE

QUAND J'Y VAIS...

Au DÉPART, je pensais que je me rendrais au club-
house le lendemain de l'achat de mon arme, mais ce
soir-là, j'ai décidé qu'il me fallait plus de temps pour
me préparer.

Je n'ai pas tenu de pistolet entre mes mains depuis que
je suis toute petite et mon oncle m'avait montré
comment tirer avec son fusil. Je passe la soirée à
charger et décharger le clip et à mettre les balles que
j'avais achetées chez Walmart, en suivant les
instructions sur YouTube.

Une des vidéos mentionne que si je ne veux pas que
l'arme soit tracée, je pourrais masquer le numéro et
indiquer comment le faire en utilisant tout ce que j'ai
dans mon garage (comme si j'avais un garage). Mais en

vérifiant mon arme, je vois que j'ai fait une bonne affaire ;le dernier propriétaire l'avait déjà fait, comme il l'avait annoncé.

Le lendemain matin, je prends un bus pour me rendre à un poste de tir à l'autre bout de la ville. D'après les critiques en ligne, je sais qu'ils ne demandent pas de pièce d'identité et que c'est un bon endroit si vous voulez rester seul pendant que vous tirez.

La pratique se déroule aussi bien qu'on peut s'y attendre. Je ne suis pas une bonne tireuse mais j'examine la technique appropriée à partir des vidéos YouTube que j'ai enregistrées et s'assure de suivre leurs instructions de manière explicite. À la fin de mon heure là-bas, je frappe au moins la cible, même si ce n'est pas au centre.

Le lendemain, je mis une épaisse veste noire (cuir végétalien !) que j'ai trouvée dans l'une de mes friperies préférées et pris deux bus pour aller au club-house dont la mère de Nicholas m'avait parlé. Je suis tentée d'utiliser un Uber mais les bus sont plus difficiles à suivre au cas où quelque chose se produirait.

Vêtue de jeans et de bottines, je me regarde par la fenêtre d'une devanture de magasin vide.

Qu'est-ce que je suis en train de faire bon sang ? je me dis silencieusement.

Quel est mon plan exactement ?

Pour simplement y aller, leur dire qui je suis et exiger qu'ils me disent ce qu'ils savent de la vie de Nicholas à l'époque ?

Pourquoi feraient-ils cela ?

D'ailleurs, même si l'un d'entre eux est disposé à me parler, serait-il devant ses amis ?

C'est une terrible idée, mais je n'en ai pas une meilleure. Je ne sais pas ce qui se trouve de l'autre côté de la porte et je ne peux pas attendre sur le trottoir pour poser des questions aux gens qui se manifestent. Il y a probablement plus d'une voie d'entrée et de sortie et je ne veux pas que l'un d'eux avertisse les autres de mon arrivée.

Je craque mes jointures en essayant de faire circuler du sang dans mes mains gelées. Il ne fait pas particulièrement froid ici, mais mon inquiétude me fait frissonner tout le corps.

— Ok, plus besoin d'attendre, c'est maintenant ou jamais, murmuré-je dans un souffle.

La porte du club-house est tellement usée que le bois est doux au toucher, plein d'entailles et d'empreintes dues à des années d'utilisation. Je tourne rapidement la poignée en laiton vieillit par le temps par crainte que si je ne le fais pas, elle ne tourne pas du tout.

A l'intérieur, l'endroit ressemble à un bar. Faiblement éclairé. Pas de fenêtre à proprement parler. Un grand bar domine l'espace et des bouteilles d'alcool sont derrière.

J'avais supposé que tout le monde serait ici, juste derrière la porte, mais aucune âme n'est présente aux alentours. Je suis tentée de crier « Bonjour ? » Mais je me retiens de le faire. Si je veux obtenir des réponses, j'ai besoin d'un élément de surprise.

Ne sachant pas quoi faire maintenant, je descends sur les planches craquantes en direction de l'ouverture dans le couloir. Pour autant que je sache, la mère de Nicholas aurait pu me mentir pendant tout ce temps.

Pourquoi pas, non ? Et si elle l'a fait, alors où est-ce que je suis ?

— Qui êtes-vous ? Sa voix profonde vient directement derrière moi. Je penche la tête en arrière mais il a déjà bloqué mes bras dans mon dos.

— Qui es-tu ? il siffle dans mon oreille.

— Je suis... Olive Kernes... Je cherche Ricky.

— Ricky qui ? demande-t-il resserrant son étreinte autour de mes bras.

— Ricky Trundell.

Il desserre son emprise et me pousse dans le couloir.

— Hé, qu'est-ce que tu fais ? je résiste et j'essaie de le repousser.

Il est trop fort pour résister, alors au lieu de cela, je laisse mes jambes s'écrouler et mon corps s'affaissa. Maintenant, il devra me porter physiquement s'il veut que j'aille quelque part.

— Qu'est-ce que tu fous ? demande l'homme quand sa main glisse et que je tombe par terre. Je me remets debout et sors le pistolet de ma poche.

— Éloigne-toi de moi, dis-je, le maintenant aussi fermement que possible. Heureusement, il me prend au sérieux et s'éloigne de moi.

— Où puis-je trouver Ricky Trundell ? je demande.

Le couloir est sombre et tout ce que je peux voir, c'est le blanc de ses yeux.

— Je ne pense pas que tu saches ce que tu fais, petite, se moque l'homme.

— Dis-moi où est Ricky, dis-je sans perdre de temps.

Je suis à un point où tout ce que je peux faire est de prétendre que je sais ce que je fais. Une façade vaut mieux que rien. Ils ne savent rien de moi et pourraient bien le croire.

— Au fond là-bas, l'homme finit par céder. Je laisse échapper un léger soupir de soulagement, espérant qu'il fut imperceptible.

— Viens avec moi, dis-je. Je fais quelques pas en arrière, gardant l'arme directement sur lui. Il suit mes instructions.

La porte menant à l'arrière-boutique est légèrement entrouverte et je l'ouvre avec le dos. Dès l'instant où je me tourne vers la table, les quatre hommes se lèvent et pointent leurs armes sur moi.

— Je t'ai dit que c'était une mauvaise idée. L'homme qui m'a attrapé commence à rire.

— Je suis ici juste pour te poser des questions, dis-je, essayant de désamorcer la situation.

— Pour qui te prends-tu ? demande le grand avec une cicatrice sur le visage.

— J'ai besoin de ton aide, dis-je sévèrement.

Je baisse le pistolet mais ne le lâche pas.

Les hommes continuent de pointer leurs armes sur mon visage jusqu'à ce que le vieil homme vêtu d'une veste de cuir usée et d'un cigare entre ses doigts lève la paume de sa main et agite l'agite un peu pour leur dire de les baisser. L'un d'entre eux essaie de protester contre sa décision, mais il leur lance simplement un regard méchant et l'homme se cache.

— Qui es-tu ? demande-t-il.

— Je m'appelle Olive Kernes et je cherche Ricky Trundell.

— Pourquoi ?

— Je dois lui poser quelques questions.

— Es-tu une putain de flic ? cria l'un des jeunes gars à ma gauche. As-tu complètement perdu la tête ?

— Je ne suis pas une flic. Je ne travaille pas avec les forces de l'ordre. Je suis ici pour autre chose.

— Quoi ?

Ils me regardent tous alors que j'essaie de décider si je devrais ou non leur dire simplement. L'un d'eux boit une gorgée de bière et un autre tape légèrement ses doigts sur la table.

Ils sont tous vêtus de vêtements sombres : vestes en cuir et pantalons noirs. Ce n'est pas un uniforme en soi, mais je me demande s'il s'agit d'un effort coordonné.

— Tu ferais mieux de parler, dit l'homme en charge. Je ne vais pas attendre éternellement.

9

OLIVE

QUAND JE LUI DIS LA VÉRITÉ…

JE DÉGLUTIS DIFFICILEMENT et leur dis ensuite que je suis la petite amie de Nicholas Crawford. Je leur dis qu'il a été arrêté pour le meurtre de son partenaire et que je suis ici pour essayer de découvrir la vérité sur ce qui s'est passé.

— Nicholas Crawford ! Wow, maintenant, c'est un gros retour dans le passé, dit-il, assis dans son fauteuil. Nous n'avons pas entendu ce nom depuis longtemps dans ces régions.

Ne sachant pas quelle est la meilleure façon de répondre, je lui fais un léger signe de tête.

— Alors, le FBI l'a arrêté, hein ?

— Oui, et c'est pourquoi je suis ici.

— Non, tu ne l'es pas. Il rit en passant ses doigts dans ses cheveux clairsemés.

— Que veux-tu dire ?

— Eh bien, tu as dit que tu étais ici pour découvrir la vérité, mais ce n'est pas vrai. Tu es ici pour trouver des preuves, si on peut appeler ça comme ça, qui l'exonère.

— Oui. Je suppose.

— Tu sais, bien sûr, que Nicholas n'a pas fait exactement ce que nous voulons, non ?

Franchement, je ne connais même pas leurs noms, encore moins ce que Nicholas a fait ou n'a pas fait.

— Je ne connais pas les détails, je l'admets. Et je ne veux pas vraiment savoir.

J'ajoute le dernier point car la vérité est que je ne veux pas savoir. Moins j'en sais sur ces hommes, mieux c'est. Je ne veux même pas connaître leurs noms. Tout ce que je veux savoir, c'est ce que Ricky sait de ce qui s'est passé.

— Gentille fille, dit le patron en haussant les sourcils.

Alors, qu'est-ce qui te fait penser que Ricky est au courant ? Ou que Ricky est même ici ?

— C'est une intuition, je mens.

— Juste une intuition ? Il commence à rire, penchant la tête entière en arrière et laissant des vagues de rire traverser son corps en même temps.

— Je me fiche de tout ce qui se passe. Je sais juste que Nicholas n'a pas tué son partenaire et je dois trouver toute information possible pour l'aider.

— Eh bien, tu ne sais pas vraiment s'il l'a tué ou non, souligne le patron.

Il a déjà dit cela et, encore une fois, cela me fait froid dans le dos. Mais je garde mes sentiments pour moi.

— Est-ce que vous allez m'aider ? demandé-je, me lassant de ses jeux.

Le patron plisse ses yeux.

— Ricky, es-tu là ? demandé-je à la chambre.

Je scrute leurs visages vides, sans expression mais personne ne me regarde.

— J'ai besoin de te parler. Je sais que tu sais quelque chose, insisté-je.

Ceci est un mensonge, bien sûr. Je sais très peu de tout ce qui s'est passé auparavant. La seule raison pour laquelle je connais même le nom de Ricky, c'est parce que c'est le seul que la mère de Nicholas a laissé échapper.

À l'époque, il était un bon ami de Nicholas et si quelqu'un savait quelque chose, ce serait lui, a-t-elle déclaré.

Le patron se lève, prend une bouffée de son cigare avant de le poser doucement sur le cendrier. Puis il se dirige vers moi et se positionne le plus près possible de moi sans se toucher. Tout mon corps fait un bond en arrière de lui-même alors que j'essaie de m'éloigner de lui sans bouger réellement.

— Je pense que c'est mieux que tu partes maintenant, dit-il après un moment.

Maintenant, comme si on leur en avait donné la permission, les gars se lâchèrent sur moi.

— Ouais, sors d'ici ! crie l'un d'eux.

— Qui diable pense-t-elle être en venant ici et nous demandant d'aider ce connard ?

— J'espère qu'il pourrira en prison !

— S'il sort un jour, il ferait mieux de surveiller ses arrières !

Je ne bouge pas d'un poil.

— Ricky ! Êtes-tu là ? Ricky ! je supplie.

Je regarde leurs visages et vois l'un d'entre eux loin de moi. Il ressemble un peu à un gamin qui ne veut pas que son nom soit appelé en classe parce qu'il ne connaît pas la réponse.

Est-ce que ça pourrait être Ricky ?

— Olive, il faut que tu partes, dit le patron en penchant sa tête vers la mienne. Il a un visage svelte et distingué mais ses yeux sont injectés de sang et menaçants.

Je décide de ne pas tenter le diables. Les hommes sont tous armés et ce n'est pas vraiment une situation amicale. Si certains d'entre eux veulent me parler, ils ne le feront pas tant qu'ils seront au milieu de ce groupe.

Quand je me retourne pour partir, quelqu'un crie
après moi

— Et ne reviens pas !

Je prends le bus pour rentrer chez moi et récupère
ma voiture. Puis je reviens tout de suite sur mes pas. Je
n'ai pas vraiment l'intention de revenir ici et d'essayer
d'obtenir plus de réponses d'hommes hostiles, mais je
ne sais pas quoi faire d'autre.

Le meurtre *supposé* a eu lieu il y a des années et il n'y
avait aucun témoin. La seule chose que je dois dire,
c'est qu'à l'époque, Nicholas était ami avec ce type,
Ricky, et qu'il avait peut-être une idée de ce qui *aurait
pu* se passer.

Le même raisonnement qui m'a amené jusqu' ici me
maintient en ces lieux.

Je suis assise dans ma voiture, garée dans la rue en face
du club-house. Il n'y a pas beaucoup de places de
stationnement dans les rues ici, mais si le reste du bloc
n'était pas délaissé avec des devantures de magasins

vides, il pourrait y avoir une certaine concurrence pour les places.

La pluie commence à tomber.

De grosses gouttes épaisses se heurtent à mon pare-brise et les essuie-glaces défectueux ne contribuent guère à améliorer la visibilité.

Après quelques instants, j'abandonne complètement et arrête le moteur.

Je suis restée longtemps dans la voiture à essayer de trouver une solution.

Et si je découvre la vérité et que cette dernière indique que Nicholas est coupable ?

Qu'est-ce que je fais alors ?

Est-ce que ça veut dire que c'est fini ?

Est-ce que je le laisse juste partir ? Peut-être.

La chose est que maintenant je crois, ou peut-être juste envie de croire qu'il est innocent. Mais si j'avais la preuve du contraire ? Est-ce que je ressentirais toujours la même chose pour lui ? Quelqu'un le voudrait-il ?

Je prends une profonde inspiration et plonge mon
visage dans mon téléphone.

J'ai besoin d'une distraction.

J'ai besoin de penser à autre chose, mais mon esprit
semble être ailleurs. Au lieu de me plier de rire face
aux vidéos amusantes sur les chats et les chiens sur
YouTube, mes pensées reviennent sans cesse à
Nicholas. Quand j'arrive à en chasser une partie, je
reviens à Owen.

Owen est un autre homme qui m'a déçu, dans une
longue succession d'hommes décevants.

J'aurais dû m'en douter mais comment aurais-je pu ?

Je lui ai fait confiance et il a si bien joué la comédie.

Quand il était en prison, il semblait être réhabilité. Il a
appris à lire et à écrire et m'a écrit des lettres si
émouvantes. Aucune d'elle ne mentionnaient l'amour
ou l'obsession ou aucune de ces pensées que je sais à
présent qu'il avait.

Je pensais qu'il était mon frère et je savais qu'il avait
besoin d'aide.

Comment pouvais-je savoir qu'il se retournerait contre moi si vite ?

Comment aurais-je pu savoir qu'il serait l'un de mes plus grands regrets ?

Les heures défilent lentement lorsque l'on est assis dans le siège d'une vieille voiture. D'abord, j'écoute de la musique jusqu'à ce que je m'ennuie, puis j'échange différents livres audios. J'aurais aimé pouvoir lire, mais je risquerais de manquer les allées et venues alors j'essaie de ranger le téléphone et de ne pas même parcourir les réseaux sociaux.

Et puis, tout à coup, après ma cinquième tentative de perdre espoir et m'apprête à m'en aller, je *le* vois.

Même veste en cuir.

Même regard vide sur son visage, mais avec juste un soupçon d'empressement que certains gars ont dans leur adolescence.

Il sort par la porte d'entrée et se dirige vers le nord dans la rue.

Ma voiture fait face à la même direction, alors j'attends juste qu'il ait un peu en avance sur moi avant de partir.

Au coin, il tourne à gauche et quelques instants plus tard, moi aussi.

Et puis je le perds.

Où est-il allé ? Je fouille la rue de haut en bas.

Il n'y a pas d'âme aux alentours et il n'a pas pu simplement s'évaporer dans l'air !

Est-il allé dans un autre bâtiment ?

Merde, merde, merde, je murmure en silence.

Il n'y a que quelques voitures dans la rue et je les observe à nouveau. Cette fois, cependant, je vois ce que je n'aurais pas pu savoir.

Ricky a dû se pencher et sortir quelque chose de sa boîte à gants quand je le vois bouger entre les deux sièges.

Lorsqu'il commence à jouer son vieil El Camino, je fais attention à me mettre au volant et même à mettre une paire de lunettes de soleil pour l'empêcher de me reconnaître.

Je suis Ricky hors du quartier, puis hors de la ville. Il conduit quarante-cinq minutes jusqu'à la nouvelle banlieue, puis s'arrête dans un immeuble en brique.

Il dispose de plusieurs appartements, les portes donnant toutes sur les rues. Les petits enfants jouent sur le terrain de jeu devant le parking.

Je trouve un endroit tout au bout et le regarde monter l'escalier exposé jusqu'au dernier étage et frapper à la porte de l'appartement numéro 23.

Un instant plus tard, la porte s'ouvre et il entre.

Je retombe dans mon siège.

Qu'est-ce que je fais maintenant ?

J'avais supposé que Ricky rentrait chez lui et que je pourrais lui parler en tête-à-tête, mais maintenant que je regarde cet endroit dans toutes les directions et à quelle distance, je n'en suis pas si sûr.

Et si je l'avais suivi à un travail ?

Et s'il fait quelque chose qu'il n'est pas censé faire contre l'organisation ?

Ou s'il fait quelque chose qu'il est chargé de faire et que je suis ici témoin de ces transactions illégales ?

Mon cœur bat la chamade, mes tempes battent également et je serre le volant de plus en plus fort jusqu'à en avoir mal aux mains.

10

OLIVE

QUAND JE LUI DEMANDE DE L'AIDE…

J'ATTENDS un peu en dehors de cet appartement. Au début, j'attends qu'il sorte bientôt. S'il se présente, il pourrait bien être là à cause d'un boulot et ce n'est pas quelque chose avec lequel je veux m'impliquer. Je ne sais pas exactement dans quel genre d'activité se trouve Ricky, mais j'en sais assez pour savoir que c'est mieux pour moi d'ignorer le plus possible toutes ces transactions.

Quand une heure passe à deux, je suis à peu près sûre qu'il ne s'occupe pas d'affaires. Il habite ici ou rend visite à quelqu'un qui habite ici.

Je regarde l'heure. Il est presque neuf heures et demie du soir.

Si j'attends beaucoup plus longtemps, il sera quasiment trop tard pour que je frappe à la porte à temps. Je ne veux pas risquer qu'ils aillent se coucher et de les réveiller ou de les interrompre de quelque manière que ce soit.

Non, c'est maintenant ou jamais.

Ou plutôt, c'est maintenant ou demain matin.

Le problème, cependant, est que je ne sais pas du tout quand Ricky a commencé à travailler et passer la nuit dans cette boîte en fer blanc ne m'intéresse guère.

Ma main tremble lorsque que je forme un poing avec ma main pour frapper à la porte. Au début, je l'ai frappée si légèrement qu'elle ne fit presque aucun son. Je prends une respiration et recommence.

Cette fois ils m'entendent. Ou plutôt, le chien m'entend.

Les hurlements sont forts et tonitruants mais la voix n'est pas très grave, alors je suppose qu'elle appartient à une personne de petite taille.

Après quelques aboiements, un tintement de bébé qui pleure perce mon tympan et je regrette immédiatement ma décision.

J'ai fait une erreur.

Quand la femme ouvre la porte, mes soupçons sont confirmés. Mon coup a réveillé le chien qui a réveillé le bébé. La femme a l'air fatiguée et mal à l'aise et marmonne quelque chose à propos de ne pas être intéressée à acheter quoi que ce soit.

— Je suis vraiment désolée, madame, dis-je. Mais je ne vends rien.

— Nous ne souhaitons pas non plus être convertis, crie-t-elle en tentant de fermer la porte.

Elle se trouve dans une position quelque peu précaire, essayant à la fois de calmer le bébé qui crie et d'empêcher le chien de s'échapper en utilisant simplement son pied ; je ne veux donc pas appuyer sur la porte pour la forcer à l'ouvrir.

— Je suis en fait ici pour parler à Ricky. Est-il à la maison ?

Son expression change immédiatement.

Elle n'a plus l'air ennuyée, mais énervée.

Ses yeux deviennent petits et ressemblent à un laser et elle donne un fort coup de pied à son chien pour l'éloigner de la porte. Même le bébé semble arrêter de pleurer un instant.

— Vous vous moquez de moi ? dit la femme. Est-ce que vous venez sérieusement chez moi au milieu de la nuit ?

— Euh... Je marmonne, ne sachant pas de quoi elle parle.

— Qu'est-ce que vous voulez ? demande-t-elle en repoussant ses cheveux crépus et non lavés de son visage.

Pleine de sueur et avec des poches sous les yeux, elle ressemble à une nouvelle mère.

— Je ne suis pas sûre de qui vous pensez que je suis... je commence à dire mais elle me coupe la parole.

— Je sais qui vous êtes. Vous êtes la salope qui l'a fait tomber. Est-ce pour cela que vous êtes ici ? Vous voulez de l'argent ?

Abasourdi, je secoue la tête.

— Non, non , dis-je. Vous m'avez confondu avec quelqu'un d'autre. Je ne suis pas sa... n'importe quoi. J'ai juste quelques questions à...

— Taisez-vous ! Je ne veux pas l'entendre ! crie-t-elle en me lançant quelque chose.

Il me frappe tout droit sur le front, mais il est léger et petit et ne fait que m'étourdir légèrement.

Lorsque la porte se ferme, je suppose que s'en est fini. Elle ne me laissera pas voir Ricky et je ne peux vraiment pas la dépasser pour le rejoindre. Mais ensuite, elle l s'ouvre à nouveau.

La lumière du salon enveloppe son visage, obscurcissant la majeure partie de celle-ci. Tout ce que je peux distinguer, c'est un peu de moustache et d'épaisses boucles noires.

— Pourquoi m'as-tu suivie ici ? demande Ricky.

— J'ai besoin de te parler, s'il te plaît.

Il lève un sourcil comme s'il envisageait de le faire, puis il se ferme complétement. Sa femme dit quelque chose à l'arrière-plan pendant que le bébé pleure et que le chien aboie.

— S'il te plaît, ça ne prendra pas longtemps, je réessaye.

— Tu dois partir. Ricky me ferme la porte au nez.

Je redescends les escaliers en état de choc. En temps normal, je pleurerais de colère ou de frustration, ou des deux, mais pour cette raison, je ne peux pas.

Je me sens juste perdue et confuse.

Je me reproche d'être venue là-haut et de créer cette situation hostile. Peut-être que si je ne l'avais pas fait, il aurait eu plus envie de me parler. D'un autre côté, il n'était pas particulièrement disposé à le faire auparavant, alors cela n'a peut-être pas aggravé la situation.

Quand je reviens dans la voiture, je démarre le moteur et la voiture en marche arrière. Mais je n'arrive pas à partir.

Je ne peux pas m'y contraindre.

Je regarde à l'arrière pour m'assurer que personne n'arrive par derrière et vérifier le miroir aussi, mais je ne peux pas me forcer à appuyer sur l'accélérateur.

Quelque chose me retient ici.

Ai-je essayé assez fort ?

Ai-je abandonné trop facilement ?

11

OLIVE

QUAND ON PARLE...

CETTE FOIS les heures passent vite.

Je trouve quelques barres de céréales dans le fond de mon sac à main et apaise une partie de ma faim. Heureusement, j'ai toujours de l'eau avec moi et il y a deux bouteilles à l'arrière.

J e passe la première heure à parcourir Facebook et Instagram, à regarder de superbes photos de couchers de soleil, de lignes de bronzage et de plages de sable blanc. Il n'y a pas si longtemps, cette vie était une possibilité très réelle pour moi. Mais quoi maintenant ?

J'incline le siège et tourne l'un des livres audios de Charlotte Byrd. Le livre est tout sauf ennuyeux, mais la voix douce du narrateur me met à l'aise et je ne peux m'empêcher de me laisser transporter.

Un bruit sourd sur ma fenêtre me fait sortir d'un sommeil profond et il me faut quelques instants pour me souvenir dans quel enfer je me trouve.

Il frappe à nouveau.

Lorsque ma vision se précise un peu plus, je vois sa moustache et les débuts d'une barbe et réalise que c'est Ricky.

— Tu ne devrais pas être ici, dit-il quand je baisse un peu la fenêtre. Ce n'est pas un bon quartier.

Il fait le tour de la voiture et je déverrouille la porte passager. Une rafale d'air froid s'engouffre dans la voiture jusqu'à ce qu'il la ferme.

— Merci d'être venu me voir, dis-je en me tournant vers lui.

— Tu es assez insistante.

C'est moins une observation qu'un reproche.

— Je suis désolée de la façon dont j'ai traité tout ça, mais j'avais vraiment besoin de te parler. Mme

Crawford m'a dit que tu étais un des amis très proches de Nicholas et que tu savais peut-être quelque chose.

Il se mord l'intérieur de la joue et regarde par la fenêtre. Au moins, il écoute, je me dis et prends une profonde respiration.

— Nicholas a été arrêté pour la mort de son partenaire, David Kendrick. Le FBI pense avoir un dossier contre lui, mais tout est basé sur les mots d'un agent tordu qui a probablement commis des crimes bien pires.

Ricky secoue la tête tandis qu'il tape sa main sur son genou.

— Quoi ? N'est-ce pas vrai ? je demande.

— Tu ne sais pas qui était Nicolas à l'époque, dit-il après un moment.

— Et tu ne sais pas qui il est maintenant, insisté-je.

— Les gens ne changent pas, dit Ricky en agitant la main dans ma direction.

Je ressens de la frustration en moi, mais je ne la laisse pas prendre le dessus. Je suis ici pour lui poser des questions sur ce qu'il sait et pour découvrir la vérité, et non pour le convaincre de l'homme que Nicholas est maintenant.

— Nicky et moi sommes entrés dans l'organisation à peu près au même moment. Il a rapidement gravi les échelons parce que les patrons l'aimaient bien.

— C'était son patron, plus tôt dans la journée ? je demande.

— Non, un gars différent. À ce moment-là, nous ne savions pas vraiment qui était le responsable, c'était la façon dont l'organisation avait été créée. Moins les gens savent ce que nous faisons, mieux c'est.

Je lui fais un léger signe de tête, l'encourageant à continuer.

— Nicky et David ont été chargés des escroqueries d'assurance. Ils étaient très bons dans leur domaine et ont fait un peu de profit en le faisant.

Je me suis toujours demandée à quel point ce qu'Owen m'avait dit à propos de Nicholas était vrai et maintenant au moins une partie est confirmée.

— Nicky a disparu un jour après la mort de David, dit Ricky. Au début, personne n'y pensait. On pensait que peut-être ils étaient juste allés en Floride pour se

défouler, célébrer. Tout le monde n'était pas en
position de faire ce genre de chose, mais les patrons les
appréciaient. Mais ce n'était pas le cas. Nous avons
rapidement découvert que David était mort et Nicky
était parti.

L'histoire d'Owen résonne dans mon esprit, car elle est
presque identique à celle que Ricky vient de me
raconter.

— Par la suite, nous avons découvert qu'ils avaient un
boulot à part dans des maisons riches, généralement
fermées pour la saison, poursuit Ricky.

— Tu sais ce qui est arrivé à David ? demandé-je
doucement, me préparant à ce qu'il allait me dire.

Ricky penche la tête d'un côté à l'autre, comme s'il se
faisait craquer son cou.

— Non, dit-il finalement.

— Tu crois que Nicholas l'a fait ?

— Nicky était bon dans son travail mais il avait un
défaut majeur selon un gars de la mafia. Il n'était pas
très doué pour faire du mal aux gens.

Je lève les yeux vers lui.

— Oui, tu ne peux aller loin dans ce monde que si tu acceptes de prendre quelques vies. C'est pourquoi les escroqueries d'assurances ont si bien fonctionné pour lui. Il a toujours allumé les feux quand il n'y avait personne et il était si prudent, personne n'a jamais été blessé.

— Mais peut-être que David a fait quelque chose pour le mettre en colère ? S'est retourné sur lui ? Les gens sont tués pour diverses raisons.

Ricky rit.

— Tu sembles mieux comprendre le genre de flexibilité morale que cette activité requiert que Nicky.

Je secoue la tête. — Qu'entends-tu exactement ? je demande.

— Nicky n'a jamais fait de mal à personne. Et il ne ferait certainement jamais de mal à David, son meilleur ami. Il a même pris une balle pour lui.

Je suis presque bouche bée.

— Nicky est le gars le plus fidèle qui existe. Il n'y a aucun moyen qu'il ait fait quoi que ce soit de ce genre, sans parler de quelque chose d'aussi stupide pour un peu d'argent.

Je m'assieds dans mon siège et reprends tout ce qu'il vient de dire. Soudainement, les pièces du puzzle s'assemblent en un instant. Je me rends compte que j'avais connu le vrai Nicholas Crawford depuis le début. Je pensais avoir besoin de faits pour prouver ce que mon intuition me disait, mais ce n'est plus qu'une confirmation.

— Mais comment en es-tu sûr ? je demande, cherchant toujours quelque chose qui ressemble à une preuve.

Ricky attend un moment. — Il était avec moi la nuit où s'est arrivé, dit-il lentement.

Je fronce les sourcils et attends qu'il continue.

— J'ai braqué un magasin d'alcools et les flics me cherchaient. Nicky m'a caché. Je n'ai su qu'ils faisaient un coup que plus tard.

Je me lèche les lèvres et attrape le tissu autour du volant.

— Mais comment peux-tu savoir qu'il ne l'a pas tué avant d'avoir appelé ou après ? demandé-je. Je le crois mais mon esprit rationnel cherche des détails que l'accusation voudra connaitre.

— Le corps de David a été retrouvé à six heures du matin dans le marais par un promeneur de chiens. Nicky était avec moi à partir de six heures la nuit précédente.

Je hoche la tête, cherchant toujours des échappatoires. J'essaie de me souvenir de ce que j'ai lu sur la science de la décomposition et de son imprécision, du froid et d'autres conditions. Quand je soulève cette question, Ricky secoue la tête.

— Rien de tout ça n'a d'importance, dit Ricky. J'étais avec lui et j'étais là quand il a appris la nouvelle de la mort de David. Je l'ai vu s'effondrer et c'est là que j'ai réalisé avec certitude qu'il n'y était pour rien.

Je déglutis difficilement.

— Je ne l'ai jamais vu aussi affolé, poursuit Ricky. Il n'arrêtait pas de sangloter et demandait pourquoi encore et encore.

Ricky détourne le regard et observe la lune jaune étincelante planer au loin.

— Il a juste répété : — C'était juste de l'argent.

Pourquoi quelqu'un le tuerait-il pour de l'argent ? Ce que Nicky n'a jamais compris, c'est que cet argent est la principale raison pour laquelle des gens tuent quelqu'un.

Nous restons silencieux pendant un moment, ne profitant pas tant de la compagnie de chacun, mais simplement en se tolérant. J'augmente la chaleur mais cela ne me réchauffe pas vraiment, peu importe la quantité d'air chaud qui se heurte à mon visage. Ricky tend la main et ferme les bouches d'aération de son côté de la voiture.

— Qu'est-ce que je fais maintenant ? Je demande. Pourquoi le FBI blâme-t-il Nicholas ?

Ricky hausse les épaules.

— Est-ce à cause d'Art ? Mais il l'a aidé à sortir d'un très gros pétrin.

— Tu viens de répondre à ta propre question, dit Ricky. Il est tordu depuis des années et une enquête d'affaires internes est consacrée à Art. Ils l'ont chopé pour quelque chose et il a besoin de leur donner quelque chose de plus gros en retour pour s'en tirer. Alors, il a trouvé ça, avec Nicky.

J'y réfléchis pendant un moment, mais quelque chose ne colle pas.

— Sans t'offenser, mais David n'était qu'un petit gars de la mafia, pourquoi s'en soucieraient-ils ? Ou du moins, pourquoi considéreraient-ils cela comme un cas important ?

Ricky secoue la tête.

— Mais ce n'est pas seulement pour cette affaire qu'ils l'ont arrêté, hein ? Qu'en est-il de la fille ? Ils pensent probablement qu'ils ont un tueur en série et que rien n'est plus sexy pour les forces de l'ordre que les tueurs en série.

— Alors, que penses-tu que je devrais faire maintenant ? je demande. Il hausse les épaules et sort de la voiture.

— Bonne chance, dit-il. Rappelle-toi, nous n'avons jamais eu cette conversation.

12

NICHOLAS

QUAND JE LUI DEMANDE DE L'AIDE...

L'EAU COULE le long de mon corps nu. Elle est chaude, réconfortante et, pendant quelques instants, cela me permet d'oublier que je n'ai pas ma liberté.

Tout le monde ici surveille tout et je ne parle pas seulement des gardes. Nous nous surveillons tous, chaque mouvement et chaque mot.

Je me suis fait quelques amis, mais il est difficile de savoir s'il s'agit de mes vrais amis ou s'ils vont s'en prendre à moi à un moment opportun pour obtenir quelque chose.

Très peu de gens ici admettent qu'ils sont coupables des crimes qu'ils ont commis, mais la plupart d'entre eux l'ont fait. Je suis toujours techniquement en geôle, et non en prison. Il y a donc ceux qui purgent leur peine et ceux qui attendent encore un procès ou des accords de plaidoyer.

Quand quelqu'un me le demande, je leur dis que je n'ai pas tué les personnes dont ils m'ont accusé, mais personne ne me croit, pas même ceux que je considérerais comme des amis.

J'ouvre les yeux et regarde l'eau couler du pommeau de douche sur ma peau.

Aujourd'hui, je suis seul ici et l'espace d'un instant, je me rappelle soudainement d'être de retour chez moi.

J'essaie de me rappeler ce que c'était que de tenir Olive dans mes bras et de me transporter jusqu'à la dernière fois où nous étions ensemble ; la nuit précédente, pas pendant l'arrestation.

Elle me manque.

Il n'y a pas d'autre moyen de le contourner.

Peu importe combien j'essaie de me convaincre que je devrais l'oublier, je ne peux pas.

Je sais que c'est elle qui m'a dénoncé et pourtant je lui pardonne encore.

Je l'aime et c'est ça l'amour, non ? Ou peut-être que je suis un idiot.

———

JE NE LES entends pas venir avant qu'ils soient déjà là. À travers l'eau qui passe près de mes yeux, je les vois. Il y en a quatre et ils sont habillés.

Quelque part dans le coin, je vois le garde.

Il guette, attendant que cela se produise. Il en avait entendu parler avant moi et il n'a aucune intention de les en empêcher. Je ne sais pas si c'est parce qu'il ne m'aime pas ou s'il les aime plus.

Le premier coup tombe sur mon ventre. Je me plie en deux de douleur et mes pieds glissent.

Je me rattrape au mur et m'empêche de tomber.

Le deuxième poing entre en collision avec ma tête. Il me fait perdre mon équilibre tandis que je me heurte à la tuile derrière moi.

Je ne me souviens plus très des coups qui suivent. Tout devient flou.

J'essaie de bloquer les coups du mieux que je peux en

plaçant mes avant-bras en l'air devant mon visage, mais ils deviennent rapidement lourds et fatigués, alors les coups continuent de tomber.

Les hommes m'attaquent à tour de rôle pendant qu'ils me traitent de tous le noms. Je peux entendre la haine et la colère dans leurs voix et je ne peux pas m'empêcher de me demander ce que je leur ai déjà fait. Et après cela, les choses deviennent encore plus sombres.

Lorsque les hommes sont enfermés dans un endroit sombre comme celui-ci, leurs pulsions sexuelles deviennent un jeu de pouvoir. Et certains d'entre eux feront tout pour satisfaire leurs désirs.

L'agression dure depuis un long moment, je ne sais pas exactement depuis combien de temps.

Au lieu de cela, j'attends juste qu'elle se termine.

Un peu plus tard, alors je pense qu'elle ne peut plus continuer, ils me prennent par surprise en la faisant durer. Je continue à me débattre, mais ça ne sert à rien. Ils utilisent leurs poings, leurs jambes et d'autres parties de leur corps jusqu'à ce que je sois épuisé et complètement éreinté, puis l'un d'eux me frappe si fort que je m'évanoui complètement.

UN PEU PLUS TARD, je reprends conscience à l'infirmerie. Mes paupières sont trop lourdes pour que je puisse les soulever, alors je les garde fermées. Il y a des gens qui se précipitent autour de moi et d'autres prisonniers quelque part sur d'autres lits, également enchaînés à leurs lits.

Une des infirmières parle à une autre à portée de voix. Au début, je ne peux pas comprendre leurs mots mais lentement, je commence à rassembler des morceaux de leur conversation.

— Vous savez que vous avez encore une raison de vivre, n'est-ce pas ? dit l'une d'elles, parlant au mec à côté de lui, qui a les poignets cisaillés.

Sa voix est basse mais aiguë et elle a l'air jeune. Le prisonnier ne répond pas. Elle lui parle de Dieu et de tout le bien qu'il y a dans le monde, ne réalisant probablement pas qu'elle a tout simplement rendu sa décision de quitter cet endroit encore plus facile.

J'essaie de rouvrir les yeux mais c'est un combat difficile alors je leur laisse plus de temps. Des flashs de ce qui s'est passé sous la douche me reviennent, me faisant froid dans le dos. Pendant un instant, je considère faire ce que cet autre pauvre bâtard a fait ; En finir avec une tranche nette.

Mais ensuite, mes pensées reviennent à Olive. Non, elle vaut la peine de se battre. Même si c'est elle qui m'a dénoncé, je dois rester fort pour elle. Je dois lui prouver que je n'ai pas fait ces horribles choses dont ils m'accusent, si c'est la dernière chose que je fais.

— Il ne va pas s'en sortir, dit une infirmière d'une voix grave et basse, marchant juste à côté de moi. Mon cœur s'écroule.

— Non, ça va aller. Ces bleus finiront par guérir, insiste la jeune infirmière. Elle touche le drap drapé autour de mon torse et je sens qu'il est enseigné sous sa paume.

— Je ne parle pas de ça.

— Que veux-tu dire alors ? Le viol ? La dernière partie qu'elle dit si doucement, c'est à peine audible, comme si le mot lui-même était interdit.

— Non, ça arrive trop souvent, dit l'infirmière plus âgée d'une manière nonchalante qui me rend malade. Je ne pense tout simplement pas qu'il va gagner son procès.

— Pourquoi ?

— Eh, il est trop célèbre.

— Ce n'est pas comme si c'était un acteur, une célébrité ou quelque chose du genre.

— Il est une célébrité dans ses cercles. Son visage a fait la une des journaux et il figurait sur la liste du FBI.

Un son puissant de métal qui frappe le métal interrompt leur conversation, mais seulement brièvement.

— Qu'est-ce qui compte le plus ? demande la plus jeune infirmière.

— Tout le monde parle des quatre gars qui lui ont fait ça. Que penses-tu qu'il va arriver à celui qui lui met un couteau dans le dos et le regarde se vider de son sang ?

Le grotesque des détails me donne envie de vomir mais je ne peux pas bouger un muscle.

Mon corps est encore trop faible et fatigué. La seule chose que je puisse faire est de me débarrasser de ces images en les remplaçant par d'autres.

Je prends une petite respiration et me concentre sur un endroit très éloigné d'ici.

Je vois un petit chalet surplombant la mer. La brise est chaude et des palmiers se balancent à proximité. Le chalet est fraîchement peint en blanc avec des volets bleus et une clôture de piquetage blanche qui plairait à Olive.

Je la vois dans le jardin, agenouillée à côté d'un boisseau de pâquerettes qu'elle a planté. Tout le monde aime les roses, mais les pâquerettes sont les fleurs préférées d'Olive. Elles sont ensoleillées, amicales, sans prétention et pourtant à couper le souffle, tout comme elle.

Le soleil se couche quelque part à l'horizon alors que je m'approche d'elle et la prends dans mes bras. Elle essuie la sueur de son front avec le dos de sa main et me donne un baiser sur les lèvres. À ce moment précis, un petit garçon d'environ deux ans aux cheveux blonds et aux yeux bleus sort du chalet. Il est suivi de près par un chien blanc et gris aux yeux bleus. Ils tourbillonnent autour de nous, remplissant l'air de rires et de bonheur contagieux.

13

OLIVE

QUAND JE FAIS UN CHOIX...

Ricky m'a fourni plus de réponses que je ne pouvais en rêver, mais ce n'est toujours pas suffisant. Même après son départ, je me demande si je devrais lui demander de dire au FBI qu'il était avec Nicholas ce soir-là. Il était son alibi et cela doit signifier quelque chose, non ?

Peut-être, mais je soupçonne que cela n'aurait de sens que si le FBI recherchait la vérité au lieu d'essayer de défendre le mieux possible la situation.

De plus, Ricky était là juste après avoir commis un crime. Je doute qu'il soit trop pressé de se manifester à moins que la situation ne soit déjà jugée ou pire.

Les réponses de Ricky fournissent un contexte, mais me laissent encore plus sur ma faim. Soudainement, j'ai encore plus de questions qu'avant. Il me faut presque une heure pour rentrer à la maison et quand je le fais enfin, je réalise assez mal.

Si je veux libérer Nicholas, je vais devoir découvrir qui a tué à la fois son ancien partenaire et son ex-petite amie mais pas seulement. Je vais aussi devoir trouver suffisamment de preuves pour convaincre le procureur que les flics se trompent.

À la maison, je me prépare une tasse de thé, je suis confrontée une tâche qui semble impossible. Si Ricky ne sait pas qui a tué David et ne l'a pas compris depuis toutes ces années, comment suis-je censé le comprendre ? Et qu'en est-il de l'ex-petite amie d'Owen ? Il était si certain que Nicholas était responsable et maintenant, le FBI le croit aussi. J'ai le cœur lourd. Chaque respiration devient laborieuse.

Je finis une tasse de thé à la menthe et enchaîne rapidement avec une autre. Les heures passées dans la voiture ont refroidi mon corps jusqu'aux os et j'ai plus de mal à me réchauffer que d'habitude.

Je cherche dans les placards quelque chose de bon à

manger. Je passe devant le muesli sec et les barres énergétiques et saute les bonbons au chocolat et les gouttes de citron aigre.

Puis, au fond du placard, je trouve les guimauves de l'année dernière. Elles sont épaisses et surdimensionnés, pas trop grosses pour être avalées tout rond. J'en pique une avec une fourchette et allume le brûleur inférieur droit. Je regarde la guimauve fondre et s'assombrir au fur et à mesure que je la déplace de haut en bas pour uniformiser la répartition de la chaleur. Une fois que j'obtiens une belle nuance de brun avec des bords presque noirs, je souffle dessus pour la refroidir et ensuite mordre dedans.

Je n'ai jamais partagé de guimauve avec Nicholas et je m'interroge sur sa technique. Attend-il qu'elle soit complètement brunie ou est-il une de ces personnes super patientes qui la maintiendront juste assez loin de la flamme pour faire fondre l'intérieur sans pour autant griller l'extérieur ? La seule fois où j'en ai eu une, elle a pratiquement fondu dans ma bouche. C'était la chose la plus délicieuse que j'ai jamais mangé, mais dès que je l'ai finie, j'ai aussi réalisé que je n'avais ni l'énergie ni la patience de les rendre ainsi.

— Et si j'enquêtais sur le meurtre de son ex-petite amie ? me demandé-je, mordillant dans une autre guimauve qui était douce et caoutchouteuse à l'extérieur et dure et froide à l'intérieur. Peut-être que cela peut me donner un aperçu de la raison pour laquelle le FBI relie ces deux crimes ?

J'y vais sachant très bien ce que je dois faire mais ne voulant pas le faire.

JE N'AI PAS ÉTÉ chez ma mère depuis un long moment. Franchement, je pensais que je pourrais peut-être passer le reste de ma vie sans la revoir. Une partie de moi espérait pouvoir le faire, mais une autre partie rongeait ma conscience.

C'est elle qui m'a élevée et même si je sais qu'elle aurait pu faire un meilleur travail et je la blâme pour le fait qu'elle ne l'a pas fait, je ne peux pas m'empêcher d'éprouver de l'amour à son égard.

C'est tellement facile pour les autres de dire de simplement éliminer les personnes toxiques de votre vie, mais c'est une chose très difficile à faire.

Les personnes qui s'enracinent le plus profondément sont celles qui sont liées à votre enfance. Ce sont celles qui vous ont élevées et ceux que vous ne pouvez pas effacer car cela signifierait effacer toutes les parties de ce que vous étiez.

Ma mère n'est pas différente. Elle est égoïste et égocentrique, mais parfois elle me donne cet aperçu de l'amour et je me permets de m'y accrocher. Ce n'est pas sain et dans le futur, je vais enfin suivre une thérapie et me forcer à examiner tout ce que j'ai enterré au fond de moi. Aujourd'hui n'est pas l'un de ces jours.

Aujourd'hui, je me tourne vers elle pour obtenir des réponses. J'ai besoin de son aide mais je ne peux pas la lui demander directement.

C'est le genre de personne qui en tirera le meilleur parti et si elle savait que j'avais besoin d'elle pour quelque chose, elle me ferait payer cher pour cette information, en partie pour me récupérer parce que je l'avais abandonnée et en partie juste par méchanceté.

Je me présente sans prévenir. Si elle est surprise, elle ne le laissera pas paraître quand elle ouvrira la porte.

Au lieu de cela, je m'incruste au beau milieu de la conversation tandis qu'elle du voisin d'à côté et de son obsession pour son arbre.

Jusqu'à présent, ils entretenaient une relation amicale, mais apparemment, l'arbre en bonne santé de ma mère a, d'une manière ou d'une autre, fait obstacle. Le voisin a décidé que l'arbre représentait un danger et qu'il fallait l'abattre, mais ma mère a engagé un médecin spécialisé dans les arbres et a confirmé qu'il allait bien et devrait vivre encore des décennies. Lorsque la voisine a insisté pour qu'elle l'abatte quand même, ma mère a ripostée.

Je n'étais pas au courant de cette dispute, mais elle me rattrape rapidement en insistant pour que je lui réchauffe un plat froid de macaronis au fromage. Nous tombons si facilement dans nos vieilles traditions que je dois m'empêcher physiquement de plier son linge et de le ranger pendant que nous parlons.

— Écoute, je dois te parler de l'ex-petite amie d'Owen.

— Oh, tu veux dire celle que Owen pense que ton petit ami a tué.

Je sens la colère remonter à la surface, mais je prends une profonde inspiration pour la garder à distance.

— Pourquoi ne me parles-tu pas de ce qui s'est passé en Californie ? demande-t-elle.

14

OLIVE

QUAND JE LUI DEMANDE DE L'AIDE…

ELLE PENSE que cette question va me prendre par surprise mais, bien sûr, ce n'est pas le cas.

Je savais qu'elle ne me donnerait jamais une réponse gratuitement, pour ainsi dire. Si je veux obtenir quelque chose de sa part, je dois lui donner quelque chose en retour.

— J'ai rencontré ma mère biologique, dis-je sévèrement en la regardant droit dans les yeux.

— Alors, je suppose que tu sais maintenant ,dit-elle avec un sourire narquois. Et alors, tu es en colère contre moi ?

— Pas tellement en colère mais déçue. Pourquoi as-tu gardé cela pour toi ?

— J'avais besoin de ton respect. Les enfants doivent respecter leurs parents et tu ne m'aurais jamais écouté si tu avais su la vérité.

Je scrute son visage pour savoir si elle me dit ou non la vérité. Est-elle sérieuse ?

— Tu m'as menti au sujet de ma mère adoptive parce que tu ne pensais pas que je te respecterais ? je demande. Ne sais-tu dont pas qu'on obtient le respect lorsqu'on le mérite ?

— Eh bien, c'est là où j'ai mal tourné. J'ai toujours été trop indulgente et c'est la raison pour laquelle tu as agi comme ça.

Je secoue la tête et regarde le tas de linge sur le bord du lit. Il est difficile de dire si c'est propre ou sale et le sentir n'aide en rien.

— Alors, comment va-t-elle ? Est-elle tout ce que tu aurais pu souhaiter ?

— Elle est... vraiment magnifique.

— Oh, oui, alors pourquoi diable t'a-t-elle abandonnée
?

— Elle ne m'a pas abandonnée. Son père m'a enlevée à
elle quand elle a eu une césarienne d'urgence et elle a
passé des années à me chercher. Et il t'a payée une
somme très généreuse pour garder ton silence, n'est-ce
pas ?

Cette conversation se déroule normalement, mais je ne
peux pas m'en empêcher. Parfois, il faut dire la bonne
chose, même si c'est au mauvais moment.

— Ce n'est pas ce qui s'est passé, insiste ma mère, mais
l'expression de son visage dit le contraire.

Un vide entre dans ses yeux, le genre qui est difficile sinon
impossible à faire disparaître. Elle essaie mais à la place, je
vois une petite larme quelque part dans le coin. Alors ça y
est, hein. Peut-être qu'elle est humaine après tout.

— Tu as fait arrêter Owen, n'est-ce pas ? dit-elle en se
raclant la gorge et en un geste effaçant la dernière trace
d'humanité en elle.

Je ne sais pas comment elle est au courant mais je n'ai
rien à cacher.

— Il m'a attaquée. Il m'a traquée. Il a essayé de me violer. Il voulait probablement me tuer.

Ma mère rit et agite la main comme si je venais de dire la chose la plus improbable.

— Oh, s'il te plaît, tu as toujours eu un tel talent pour le dramatique.

Il n'y a jamais eu de déclaration aussi fausse. Même enfant, je racontais rarement des histoires et les inventais encore plus rarement. Les larmes me viennent aux yeux mais je les repousse.

— Parle-moi de sa petite amie, dis-je en appuyant mes ongles sur ma cuisse pour m'empêcher de pleurer.

— Que veux-tu savoir ?

— N'importe quoi. Tout.

— Ils étaient amoureux ou pensaient l'être. Puis ils ont rompu. Ou peut-être qu'elle a rompu avec lui. Puis il a entendu dire qu'elle sortait avec quelqu'un d'autre, ton Nicholas. Il a entendu parler de lui et de sa dangerosité et de son instabilité. Il ne voulait pas qu'elle soit blessée. Il la suivit beaucoup, essayant de la protéger. Ça n'a pas marché, je suppose.

La manière nonchalante avec laquelle elle déclare ces
« faits » me donne des frissons. Il y a du vrai dans
l'histoire, mais elle en a reconstruit la majeure partie
de telle sorte qu'il est difficile de discerner le vrai du
faux.

Au fond de la commode, se trouve une vaste collection
de flacons de pilules et maman en saisit un. En
dévissant le dessus, elle en dépose quelques-unes dans
sa paume creuse. Je veux l'arrêter mais je ne veux pas
rendre cette nuit encore pire. Elle va juste se disputer
avec moi à ce sujet et ensuite refuser de me dire autre
chose. Non, c'est une bataille à laquelle je ne
participerai pas ce soir.

Je la regarde faire descendre les pilules dans sa gorge et
attends qu'elle continue. Mais elle ne le fait pas.

— Y a-t-il autre chose que tu peux me dire ?

Elle secoue la tête.

— Nicholas n'a pas fait ça.

— Owen pense qu'il l'a fait.

Je secoue la tête.

— Y a-t-il quelqu'un d'autre qui était là ?

Maman lève le menton en l'air et réfléchit un instant.

— Eh bien, je suis sûr que t'as déjà parlé à Pink Eye,
n'est-ce pas ?

Je fronce les sourcils. Quand je lui demande qui c'est,
elle se met juste à rire.

— Allez, tu dois te souvenir de Pink Eye. Lui et Owen
étaient les meilleurs amis à l'époque. Il en saura plus,
et s'il n'est pas enfermé quelque part, je suis sûre que
ce sera lui qui te convaincra que Nicholas est une
mauvaise personne.

— Pink Eye ? C'est son nom ?

— Ouais, assez stupide, hein ? Elle sourit. Il a eu une
infection des yeux quand il était enfant et le nom est
resté. Ils étaient très proches. Ils ont volé beaucoup de
gens ensemble, mais ensuite il a tout simplement
disparu.

— Comment ça ? demandé-je.

— Je ne sais pas. J'ai posé la question il y a toutes ces
années, mais personne de ce vieux quartier ne sait quoi
que ce soit. Il n'était même pas là ce soir-là où Owen a
été arrêté.

Je la regarde, réfléchissant à tout ce qu'elle dit. Je me demande même si elle réalise la gravité de ses propres mots.

Si Pink Eye était le meilleur ami d'Owen à l'époque, puis soudainement, il a disparu, peut-être était-il celui qui avait tué la petite amie d'Owen ?

Elle prend un paquet de gâteaux et allume la télévision.

— On en a fini ? demande-t-elle. Mon émission commence bientôt.

— Mais j'ai tellement d'autres questions maintenant, protesté-je.

— Je m'en fiche. Elle secoue la tête et me dirige vers la porte. J'ai fini de parler.

— D'accord, d'accord, j'y vais, dis-je en levant les bras. Une dernière chose, cependant.

Elle roule des yeux mais ne me rejette pas tout de suite.

— Sais-tu où je pourrais trouver Pink Eye ? Demandé-je. Ou son vrai nom ?

Elle me regarde pendant un moment avant de cligner des yeux. — Aucune idée.

— Aucune idée où je peux le trouver ou aucune idée de son vrai nom ?

— Les deux, dit-elle en me refermant la porte au nez.

15

OLIVE

QUAND JE L'AIDE…

Le lendemain matin, j'accompagne Sydney à un essayage de robe de mariée. Je n'ai jamais assisté à un essayage, mais j'en ai vu beaucoup à la télévision.

La boutique est impeccable et équipée dans toutes les couleurs crème possibles. Le sol est en marbre et il y a un piédestal dans la pièce voisine avec un grand miroir à trois panneaux où la mariée peut se regarder et s'admirer.

Dans des circonstances normales, ce serait une occasion joyeuse à partager avec ma meilleure amie. Mais cette journée est couverte de nuages menaçants. Sydney ne se marie pas pour les bonnes raisons, mais en fait pour les mauvaises.

J'ai déjà essayé de lui parler de ça et j'aimerais redire quelque chose, mais ce n'est pas le bon moment. Elle sait exactement ce que je ressens et le fait de répéter toutes ces choses ne fera que la faire sentir encore plus mal.

Non, elle a maintenant besoin que je sois une amie et c'est exactement ce que je compte faire. Une petite vendeuse de taille zéro vêtue de noir, de la tête aux pieds, nous aborde en souriant d'une oreille à l'autre avec dents d'un blanc éclatant.

Elle pose à Sydney un million de questions sur le type de robe qu'elle souhaite avoir. J'attends qu'elle renonce et hésite mais elle s'y met aussitôt et lui dit qu'elle veut quelque chose avec une coupe de sirène qui accentue sa silhouette en forme de sablier. L'associé des ventes la dirige vers son inventaire contre le mur et parcourt les piles de robes de même couleur pour attirer les candidates idéales.

En attendant que Sydney se change, je me perds dans les recherches sur mon téléphone. Ma mère a dit qu'elle n'avait aucune idée du vrai nom de Pink Eye, mais que quelqu'un le devrait, non ? Je vais sur Facebook et je regarde toutes les personnes avec qui Owen est ami. La plupart d'entre eux n'ont pas configuré les paramètres de confidentialité, il est donc facile pour moi de parcourir leur liste d'amis et de rechercher des noms identifiables.

Lorsque je commence, je pense que je pourrais tomber sur un dénommé Pink Eye, mais j'abandonne rapidement cette notion. Une fois que Sydney sort revêtue d'une robe qui la absolument magnifique, je me mets presque à pleurer, reporte mon attention sur le téléphone et commence à contacter chacun de ses amis avec le même message prédéfini.

Bonjour, je m'appelle Olive Kernes et je suis la sœur d'Owen. Je cherche un vieil ami à lui qui s'appelait Pink Eye. C'est très important que je communique avec lui. J'espère que vous pouvez m'aider. Connaissez-vous son vrai nom ? Ou une adresse actuelle et / ou lieu de travail ?

J'écris le message de mon profil pour m'assurer qu'ils peuvent confirmer que je suis bien sa sœur et non un agent des forces de l'ordre.

Lorsque Sydney essaie sa cinquième robe, je pose mon téléphone et abandonne l'idée d'obtenir une réponse aussi rapidement. Tout le monde n'est pas obsédé par les réseaux sociaux, Olive, mais cela ne veut pas dire que je ne le trouverais pas.

— Je pense que je préfère celle-là, dit-elle, en ajustant la robe Vera Wang qui serre son corps dans les endroits appropriés, lui donnant ainsi la silhouette d'une déesse.

— Tu es… splendide, murmuré-je en couvrant ma bouche avec ma main.

— Merci, marmonne-t-elle.

La vendeuse cherche les larmes que presque toutes les épouses ont dans les yeux quand elles trouvent la robe parfaite, mais Sydney n'en a pas.

— Voulez-vous l'acheter maintenant ? demande-t-elle après un moment.

— Tu crois que je devrais amener ma mère ici d'abord ? me demande-t-elle.

— Est-ce qu'elle ne serait pas fâchée que tu sois déjà venue avec moi ? je demande avec un haussement d'épaules.

— Elle n'a pas besoin de savoir.

La vendeuse et moi échangeons des regards.

— Alors, vous allez refaire tout ça ? demandé-je pour nous deux. Pourquoi ne l'avez-vous pas simplement amenée ici dès le début ?

— Eh, tu sais pourquoi. Sydney lève la main en l'air. Tu sais comment elle est. Je voulais choisir la robe dans un environnement normal et agréable, puis la combattre et ignorer toutes les choses négatives qu'elle en dit.

Je secoue la tête et souris.

— Oh, tu trouves ça drôle ? demande-t-elle, commençant elle aussi à rire.

— Un tout peu, je l'avoue. Je pense que ce que je trouve le plus drôle, c'est à quel point nos mères sont foutues.

C'est à ce moment-là que nous commençons tous les deux à craquer. C'est peut-être la fatigue ou le verre de champagne qui finit par nous rattraper, mais on dirait que la journée a été un peu sauvée. Peut-être que ce n'est pas si mal après tout, surtout que nous nous sommes unies.

— Alors, que pense-tu que je devrais faire ? me

demande-t-elle lorsque nous entamons notre deuxième tour.

Elle porte toujours sa robe, même si elle ne se tient plus sur le piédestal.

— À propos de quoi ? je demande.

— À propos de ma mère.

Je la regarde et me perds dans sa lueur de mariée. Même si son époux est loin d'être magique et que leur relation est un château de cartes, il y a peut-être un moyen pour que cette robe puisse compenser pour tout.

— Ne l'emmène pas ici, dis-je. Ce moment est parfait. Tu as trouvé ta robe idéale. Tu es magnifique et tu l'aimes. Tu es pratiquement en train de briller, ça se voit.

Elle rit et tourne. La vendeuse accourt pour prendre le verre, mais ce n'est pas nécessaire. Sydney marche pratiquement dans sur un nuage et rien ne pourra la faire redescendre sur terre.

Si elle fait venir sa mère ici, elle gâchera tout et fera que Sydney se sente à nouveau comme de la merde. Et elle mérite beaucoup plus que ça. Elle ne mérite que le meilleur et j'espère qu'un jour elle trouvera un homme qui l'apprécie tout autant que moi.

— Je t'aime, Olive, dit-elle en jetant ses bras autour de mes épaules.

— Je t'aime aussi, Sydney. Merci beaucoup d'avoir partagé ce moment avec moi.

— Je ne pouvais pas faire autrement, me murmure-t-elle à l'oreille. Dans d'autres circonstances, je lèverais probablement le verre pour que tu trouves le même bonheur que moi, mais je tiens à t'épargner la misère.

— Oh, allez, s'il te plaît, ne dis pas ça. Je la rapproche de moi.

Elle pose sa tête sur mon épaule et se met à sangloter. La vendeuse arrive rapidement et nous enlève les deux coupes afin que je puisse utiliser mes deux mains pour la tenir.

— Ça va aller, Sydney. Et si tu ne veux pas faire cela, tu n'as pas à le faire.

Au lieu de répondre, elle continue de pleurer. J'aimerais pouvoir améliorer les choses, mais plus je parle, plus ça empire.

Même si je ne la convaincs pas de la terrible idée d'épouser James, elle accepte de ne pas gâcher l'occasion en faisant venir sa mère ici. Après avoir remis ses vêtements, elle sort son portefeuille et met la robe entière de dix mille dollars sur sa carte de crédit.

— Wow, tu dois avoir une sacrée limite de crédit, je plaisante.

— C'est l'American Express, dit-elle.

Je fronce les sourcils sans savoir ce que cela est supposé dire.

— Il n'y a pas de limite, mais tu dois payer la totalité du solde à la fin du mois, explique-t-elle. En plus, maman vérifie les factures, alors je suis sûre d'en entendre parler tôt demain matin.

En sortant de la boutique de mariage, je reçois une notification indiquant que j'ai un nouveau message sur Facebook. En fait, c'est à peu près le sixième mais je n'ai pas encore eu la chance de les lire.

Celui-ci est l'un des premiers gars que j'ai contactés sur la liste d'amis d'Owen.

. . .

Oui, je connais Pink Eye. Wow, quel souffle du passé. Son vrai nom est Robert Bortham. Je ne sais pas où il n'habite ni ce qu'il fait maintenant.

Je regarde le message avec incrédulité. Mon cœur commence à battre la chamade et je prends quelques respirations profondes pour me calmer. Je répète son nom encore et encore jusqu'à ce qu'il soit gravé dans ma mémoire.

— Qui es-tu, Robert Bortham ? Je demande à voix basse. Qui diable es-tu ?

16

OLIVE

JE NE PARLE PAS BEAUCOUP de Pink Eye à Sydney ni de ce que j'ai fait pour découvrir la vérité sur Nicholas. Je veux bien sûr, mais le moment doit être bien choisi.

En ce moment c'est la même chose . Je l'ai invitée à un déjeuner de célébration pour commémorer son achat de sa robe de mariée. C'est le moment de parler des projets de mariage, de leur avenir, de leurs espoirs et de leurs rêves, et non des accusations de meurtre de mon petit ami.

Mais je n'arrive pas à oublier ce que je viens de découvrir. Quand elle s'excuse pour aller aux toilettes, je saisis mon téléphone et commence à regarder tous les Robert Bortham de la région.

Le nom n'est pas inhabituel, mais il n'est pas non plus très courant. La plupart des personnes qui se présentent n'ont pas le bon âge et quelques-unes vivent à l'étranger. Je pensais qu'il serait toujours situé dans le Massachusetts, mais il n'y a pas de Robert Bortham dans cet État qui soit même proche de l'âge idéal.

En dehors des expatriés britanniques vivant en Australie et au Portugal, il y a un profil sur lequel je reviens sans cesse. Son âge lui convient, mais je ne peux pas croire que ce soit vraiment lui.

Je regarde la photo d'un psychologue avec un sourire enfantin devant une cabane en bois. Selon son profil, il est marié et père de trois enfants, tous âgés de moins de cinq ans. Ne sachant pas quoi faire ensuite, je prends une capture d'écran d'un gros plan de son visage et l'envoie à ma mère.

Serait-ce Pink Eye ? Je lui envoie un texto.

Avant que je puisse décider si je devrais ou non le contacter directement, Sydney revient et je remets mon téléphone dans mon sac à main. Nous terminons le premier tour de boissons et passons rapidement au suivant. Notre conversation dérive sans but particulier, même si je voulais lui parler de quelque chose.

La dernière fois que nous avons parlé, elle m'a avouée certaines choses à propos de James et nous en sommes restés là, mais c'était peut-être faux.

Peut-être que je devrais l'avoir poussée plus loin.

— Alors, comment ça se passe avec James ? je demande, ne voulant demander tout de suite si elle compte réellement l'épouser.

Sydney secoue la tête.

— Et le fait qu'il t'ait trompé ? demandé-je.

— Qu'en est-il ?

— Est-ce que vous en avez parlé ?

— Oui bien sûr. Il s'est excusé, dit-elle avec un haussement d'épaules.

Je prends une profonde inspiration et la regarde.

Elle passe son doigt sur le bord de son verre et évite le contact visuel avec moi.

Ensuite, elle prend une grosse gorgée.

— Si tu ne veux pas en parler…

— Je ne veux pas en parler, me coupe-t-elle.

Nous restons assises en silence pendant un long moment. Je ne sais pas quoi dire d'autre et je n'arrive pas à laisser tomber.

— Je ne comprends tout simplement pas pourquoi tu dois faire cela. Je suis sûre que ta mère s'en remettra.

— Vraiment ? Es-tu vraiment sûre de ça ?

Je hausse les épaules.

Eh bien, non, je ne suis pas tout à fait sûre mais elle devra le faire, non ?

— Ma mère va me reprocher le fait qu'il m'ait trompé, dit Sydney en s'appuyant contre la cabine.

— D'accord, c'est vraiment merdique. Mais même si elle fait ça, alors quoi ? Tu mérites tellement plus que lui.

Sydney secoue la tête.

— Tu ne crois pas ?

— Alors, tu ne pardonnerais jamais à Nicholas s'il te trompais ? Cette fois, elle me regarde.

Elle me regarde directement dans les yeux et c'est moi qui détourne le regard en premier.

— Je n'accepterais jamais quelqu'un qui me traite comme ça, dis-je en serrant la mâchoire. Je mérite mieux et ce serait la fin.

J'essaie d'imaginer que Nicholas fasse quelque chose comme ça et je n'y arrive pas.

Je ne voulais pas dire ça, mais c'est vrai. Il est capable d'une incroyable déception et il mène une vie pleine de secrets, mais lorsqu'il s'agit de tricher, je sais qu'il ne me ferait jamais cela.

Sydney secoue la tête et roule des yeux.

— N'est-ce pas la même chose pour toi ? demandé-je.

— Ce n'est pas si facile pour moi, Olive. Les choses dans ma vie ne sont pas que des roses et du chocolat. J'ai le monde réel à traiter.

Je penche la tête d'un côté.

De quoi parle-t-elle ? Non, il s'agit de quelque chose de plus.

— Que se passe-t-il, Sydney ?

Elle enterre sa tête dans ses mains. Je passe mon bras autour d'elle et elle l'enlève. Je le fais encore et encore, elle me rejette. Quand elle finit par prendre l'air, ses yeux sont couverts de larmes.

— Maman a dit qu'elle ne m'inclura pas de son testament si je ne l'épouse pas, dit-elle. Sa voix est faible et à peine audible. Elle ne me laissera aucune partie de son argent et elle ne me soutiendra plus.

Je hoche la tête et pose ma main sur la sienne. Je sais que cela ne semble probablement pas être un gros problème pour la plupart des gens qui n'ont pas d'argent familial versé dans leurs coffres tous les mois, mais Sydney compte sur cet argent. Elle en vit et sans ça, elle devra réduire considérablement ses dépenses.

— Ça va aller, dis-je. Tu as un bon travail.

— C'est ça le problème, cependant, je n'en ai pas. J'ai été virée.

— Bien, ce n'est pas grave, tu as un bon diplôme et de l'expérience. Tu pourras trouver un autre emploi.

Mais Sydney secoue la tête.

— Écoute, tu traverses une période difficile en ce

moment. Mais tu ne peux pas l'épouser. Il ne t'aime pas. Et tu ne peux pas simplement être avec lui parce que ta mère l'aime bien et te coupera les vivres autrement.

Je regrette mes mots dès que je vois le feu dans ses yeux. Je ne regrette pas ce que j'ai dit juste comment je l'ai dit.

— Tu sais quoi, Olive, tu as un peu de culot, dit Sydney en se levant et en prenant son sac à main. Pourquoi n'examinons-nous pas tout ce que tu as fait pour un peu d'argent ? Tu es allée jusqu'à Hawaii pour rencontrer un étranger et le laisser faire qui sait quoi de toi...

— Tout était consenti, interviens-je.

— Ouais, ouais, peu importe. Donc, tu ne l'aurais pas fait s'il était vieux et laid ?

— Pour te dire la vérité, non, probablement pas.

— Et qu'en est-il de ta dette ?

— J'aurais essayé de la payer d'une autre manière.

— Ça ne fait rien ! crie-t-elle si fort qu'une serveuse s'approche et tente de la calmer. N'oublie pas que tu as fait cela pour un peu d'argent. Pas les multiples millions dont je vais hériter.

— Sydney, je n'ai pas...

— Madame, je vais devoir vous demander de partir, dit la serveuse avec sévérité. Vous dérangez les autres clients.

— Bien, bien. Je pars, répond sèchement Sydney en commençant à s'éloigner de moi.

Je suis sur le point de la suivre lorsque la serveuse me rappelle que quelqu'un doit encore payer la note. Je sors ma carte et attends qu'elle passe, espérant pouvoir la rattraper à temps.

Pendant que nous sommes là, mon téléphone vibre et je jette un coup d'œil à l'écran. C'est un message de ma mère disant *ouais, c'est lui.*

Les mots résonnent dans ma tête lorsque je sors du restaurant et que je cours dans la rue. Sydney est appuyée contre le mur, la tête entre les mains. Quand je me précipite vers elle, elle ouvre ses bras et me rapproche d'elle.

— Je suis tellement désolée, balbutié-je.

— Non, je suis celle qui devrait être désolée. Je n'aurais pas dû dire ces choses.

Nous nous tenons pendant quelques instants jusqu'à ce qu'elle s'éloigne. En me regardant droit dans les yeux, elle dit — Je suis enceinte.

17

OLIVE

QUAND JE L'INVITE À VOYAGER...

Tout se passe si vite que ma tête me tourne. Ma mère vient de confirmer que le type dans le Maine est le vieil ami d'Owen, Pink Eye, et Sydney vient de me dire qu'elle est enceinte.

D'une façon ou d'une autre, je réussis à la ramener à notre appartement et nous passons toutes les deux de nos vêtements de ville en pyjamas. Je mets en marche la bouilloire pour moi et je lui prépare une tasse de café frais. Puis nous nous enlaçons sur le canapé.

Cette fois, je ne la presse pas. Contrairement au déjeuner, je lui laisse du temps pour s'ouvrir à moi. Je sais qu'elle veut me parler, elle pourrait ne pas vouloir me parler tout de suite.

Sydney ouvre un numéro du magazine Oprah et feuillette les pages. J'allume mon iPad et commence à lire la dernière version de ma mère. Je n'ai lu aucun de ses livres depuis un moment et cette histoire me passionne depuis le début.

— Tu ne veux pas savoir ? dit Sydney dans un souffle, fermant le magazine sur ses genoux et se tournant vers moi.

— Bien sûr que si. Je ne voulais juste pas te pousser.

— Bien, prépare-toi.

— Ok, dis-moi tout.

Sydney prend une profonde inspiration et commence du début. Elle me raconte à quel point elle est tombée amoureuse de lui lors de leur première rencontre et qu'elle pensait qu'il était l'amour de sa vie.

Elle aimait le partager avec d'autres femmes et hommes, mais quand il la trompait, cela lui brisait le cœur.

Ils avaient des règles strictes sur ce genre de choses et en ont parlé en détail. Il ne devait pas y avoir de tricherie et pas de conversation romantique ou sexuelle ni de textos avec qui que ce soit lorsque la personne n'était pas là.

Et puis le lendemain du jour où elle l'a attrapé et a rompu, elle a découvert qu'elle était enceinte.

— Tu es à combien ? demandé-je.

— Six semaines.

— Qu'est-ce que tu veux faire ?

— Je vais le garder.

Je lui souris, impressionné par son courage.

Honnêtement, je ne sais pas ce que je ferais si je me trouvais dans cette situation. Dire que ce serait une décision difficile serait un euphémisme.

— C'était à peu près au moment où je parlais au téléphone avec ma mère et je plaisantais avec désinvolture sur ce qui se passerait si nous rompions, déclare Sydney. Et elle m'a interrompue et m'a dit qu'elle me couperait les vivres.

— Sérieusement ? demandé-je. Juste parce qu'elle l'apprécie ?

— Oui et non. C'est plus que ça. Elle pense

fondamentalement que je suis une putain de merde et si James devait rompre avec moi, ce serait ma faute.

— Mais que se passe-t-il si tu lui dis qu'il t'a trompée ?

— C'est une de ces vieilles dames qui pensent que les hommes ne trichent que s'ils n'ont pas ce dont ils ont besoin à la maison.

— C'est... écœurant. marmonné-je. Désolée, je veux dire, je sais que c'est ta mère mais c'est affreux.

Sydney hausse les épaules. — Ouais, c'est assez merdique.

Je ne dis rien pendant un moment, sentant cette situation délicate.

— Mais tu ne peux pas l'épouser et commencer une vie avec lui si tu ne l'aimes pas, dis-je.

— Tout d'abord, les gens le font tout le temps. Et qui a dit que je ne l'aimais pas ? Le problème c'est que je l'aime. Et il est le père de mon enfant. Je dois essayer de faire en sorte que ça marche.

J'acquiesce.

— L'autre chose, c'est l'argent. Je ne peux pas discuter avec ça. C'est des millions et des millions de dollars,

Olive. Je ne pourrai jamais gagner autant d'argent et mon enfant mérite d'y avoir accès.

— Peut-être qu'elle bluffe ? demandé-je.

— Peut-être, mais je ne peux pas risquer tout mon avenir sur ce pari, dit Sydney. Je n'ai pas de travail et même si je devais en trouver un, je ne veux pas élever cet enfant seule. Il ou elle mérite de connaître son père et je veux que son père soit dans sa vie. S'il y a une chance que ça fonctionne avec lui, je ne peux pas la foutre en l'air.

La soirée succède à l'après-midi alors que nous nous asseyons sur le canapé et discutons comme si de rien n'était revenant sur tout ce qui s'est passé depuis la rencontre de Nicholas.

Je lui raconte toute ma vie en Californie et tout ce qui s'est passé depuis.

Je lui fais part de tous les détails de l'arrestation de Nicholas et des enquêtes que je mène pour découvrir la vérité et le faire revenir à moi.

Comme on pouvait s'y attendre, Sydney n'est pas aussi prompte à croire en son innocence et joue l'avocate du diable pendant un moment. En fait, j'apprécie cela car ça me permet de passer en revue toutes les théories sur ce qui aurait pu se passer, compte tenu de ce que je sais maintenant.

Heureusement, ce à quoi elle est réceptive, c'est de m'aider à découvrir la vérité.

— Je suppose que nous devrions alors aller dans le Maine et essayer de parler à ce Robert Bortham, dit-elle.

— Vraiment ? Tu veux venir avec moi ? demandé-je, prise un peu par surprise.

— Bien sûr, j'adorerais faire un petit road trip et le Maine est assez beau à cette époque de l'année.

— Si tu aimes l'hiver, plaisanté-je.

— La nature est à couper le souffle, tu vas l'adorer.

Nous partons le lendemain matin. Je fais mes valises de façon légère avec une seule paire de legging, deux hauts, un pull et un manteau, tandis que Sydney apporte une grande valise qui devrait passer sous l'avion si elle volait.

— Tu déménages ? plaisanté-je. Elle hausse les épaules.

— C'est principalement du maquillage et des chaussures. Les bottes prennent beaucoup de place, tu sais.

— Oui, c'est pourquoi je porte les miennes.

Elle passe son bras autour de mon épaule et me fait un bisou sur la joue. — Tu sais que tu m'aimes.

— Bien sûr que oui. Ce que je n'aime pas c'est ta façon de faire ta valise.

Le trajet de Boston à Bangor ne dure que quatre heures environ et nous y arrivons en début d'après-midi.

Étonnamment, son adresse n'était pas si difficile à trouver et nécessitait simplement une recherche rapide dans les pages blanches en ligne.

La liste indique qu'il est marié à Allira Bortham et qu'ils ont trois enfants ensemble, et que leur âge correspond à celui de son profil Facebook. L'adresse doit donc être correcte.

— Est-ce vraiment sa maison ? demande Sydney

lorsque nous empruntons une longue allée menant au manoir situé au fond de la propriété.

Elle cherche l'adresse sur son téléphone et m'informe qu'elle dispose de six chambres, de six salles de bains, d'une maison d'hôtes à deux chambres et qu'elle est située sur deux cents acres.

L'allée est bordée de pins imposants et de chênes. La majorité de la propriété est parsemée de bouleaux. Les chutes de neige fraîches font de l'endroit un paradis hivernal.

— C'est tellement beau, murmure Sydney.

— Es-tu sûr que nous sommes au bon endroit ? demandé-je.

Elle me montre le téléphone avec l'adresse que j'avais trouvée et mémorisée la nuit dernière.

— Je ne pense pas pouvoir faire cela, dis-je en agrippant le volant.

— Allez, ce n'est rien.

— Tu dis cela mais ce n'est pas vrai, j'insiste. Ma bouche est sèche.

— Olive, ne t'inquiète pas. Tu es déjà allée voir ta mère biologique et tu l'as fait seule. C'est...

— Quoi ? demandé-je.

— C'est... un gars qui s'appelle Pink Eye ! Parler à Pink Eye ne peut pas t'intimider.

Je la regarde et nous éclatons de rire toutes les deux.

18

OLIVE

Après un petit coup de pouce, j'arrive sur le porche et sonne à la porte. Personne ne répond pendant un moment. Nous attendons. Je sonne encore et encore personne ne répond. Enfin, j'entends quelqu'un. Je suis tenté de retourner à la voiture, mais Sydney bloque la sortie.

— Puis-je vous aider ? demande une femme au corps mince et aux boucles rouges épaisses sur la tête.

— Je cherche Robert Bortham. Est-il à la maison ? je demande.

— Oui. Etes-vous une de ses élèves ? demande-t-elle avec un sourire tout en tenant une casserole humide et un torchon.

Je la regarde sans dire un mot. Mais heureusement, Sydney vient à mon secours.

— Non, nous ne le sommes pas mais nous devons vraiment lui parler.

— Bien sûr, il est dans son bureau. Voulez-vous bien me suivre et je vous montrerai où il se trouve ?

J'ai passé trop de temps en ville ou avec des criminels, mais son hospitalité me déconcerte vraiment.

La maison est une ancienne victorienne entièrement rénovée et remise à neuf. Le mobilier est élégant et contemporain et complète parfaitement l'intérieur.

Nous marchons sur un plancher en bois poli, vers un magnifique hall d'entrée et le salon doté d'énormes baies vitrées qui donnent sur la forêt derrière la maison.

Mme Bortham s'arrête et frappe légèrement à la porte en face de la cuisine ouverte avec un énorme îlot en marbre au milieu.

— Chéri ? demande-t-elle. Je suis désolée de t'interrompre, mais il y a quelqu'un ici pour te voir.

Elle ouvre la porte au moment où Robert Bortham

pivote sur sa chaise et nous fait face. Contrairement à de nombreux bureaux à la maison, son bureau est tourné vers l'extérieur de la porte et regarde vers la fenêtre et les bouleaux.

Tandis que je débats pour savoir si je devrais ou non évoquer son passé devant son épouse, elle a résolu le dilemme pour moi en fermant la porte et en disparaissant poliment à l'extérieur.

— Comment puis-je vous aider ? demande-t-il en se levant derrière la chaise. Je suis désolé, je ne me souviens pas de vous en classe. Qui êtes-vous à nouveau ?

— Nous ne sommes pas vos étudiantes, dis-je en me raclant la gorge. En fait, je suis ici pour vous parler de quelque chose qui s'est passé il y a longtemps.

— D'accord... dit-il lentement, rallongeant le mot tout en parlant.

Il fronce le front et attend que je continue.

Ça suffit, Olive, je me dis. Arrête de faire durer cela plus que nécessaire. Il suffit juste de le dire.

— Je m'appelle Olive Kernes, marmonné-je. Je me racle la gorge et j'ajoute : Owen Kernes est mon frère.

Je cherche sur son visage un soupçon de confirmation mais son expression reste stoïque.

Ai-je commis une erreur ?

Est-ce la mauvaise personne ?

— Vous vous appeliez Pink Eye, continué-je avec un nouvel empressement. Vous étiez très amis avec lui à l'époque.

Il ne réagit toujours pas.

Mais il n'a pas non plus l'air surpris.

— S'il vous plaît, je ne suis pas la police, j'ai juste quelques questions à propos de quelque chose qui est arrivé à la petite amie d'Owen... êtes-vous Pink Eye ?

Les murs de son bureau sont tapissés de bibliothèques et il passe ses doigts le long du dos des livres un moment avant de redescendre sur le canapé usé en face de son bureau.

— Je n'ai pas entendu ce nom depuis de nombreuses années, dit-il lentement.

— Mais vous êtes Pink Eye ? demande Sydney.

Il lui fait un léger signe de tête.

— Je l'ai été.

Quand sa femme entre et nous apporte des verres d'eau et un bol de biscuits, je vois tout son corps se tendre.

— Ma femme et moi sommes très proches, mais elle ne sait rien de mon ancienne vie, explique-t-il. Et je voudrais que ça reste ainsi.

— Oui, bien sûr, je suis d'accord.

— Alors, vous étiez amis avec mon frère ? je demande.

— Oui. Nous étions très proches. Mais son arrestation, celle pour laquelle il a eu tout ce temps de prison, a été un grand réveil pour moi. C'est à ce moment que j'ai cessé de fréquenter tous nos anciens amis et j'ai déménagé en Pennsylvanie chez ma grand-mère. C'est à ce moment-là que j'ai vraiment commencé à me concentrer sur l'école et que j'ai finalement obtenu un doctorat en psychologie.

— Et c'est ce que vous faites maintenant ? Enseigner ? demande Sydney.

— Enseigner et de la recherche. Je maintiens également une pratique à temps partiel, axée sur les personnes qui souffrent de stress post-traumatique.

Je bois une gorgée d'eau et Sydney rompt un petit morceau de biscuit.

— J'ai un petit bar ici si vous voulez vous changer les idées, dit Robert en se dirigeant vers un globe terrestre.

Quand il soulève le dessus, je vois des bouteilles en cristal de diverses liqueurs noires. Au début, je prévois de dire non, mais la journée a été longue et stressante.

Quand il me propose de me verser un peu de whisky, je ne peux pas résister.

— Alors, vous et Owen étiez proches à l'époque ?

— Oui, je l'ai rencontré dans le quartier et nous étions meilleurs amis pendant quelques années. Nous avons fait beaucoup de mauvaises choses ensemble.

Je fais tourbillonner le liquide brun doré dans mon verre puis je prends une gorgée, appréciant la brûlure initiale qui se stabilise et diffuse la chaleur dans tout mon corps.

— Pouvez-vous me parler de la petite amie d'Owen, Nina ? demandé-je.

Un sourire apparaît sur le visage de Robert.

— Nina était effervescente et tellement pleine de vie.

Elle riait et faisait toujours des blagues. Elle semblait marcher sur des nuages.

J'essaie d'imaginer la personne qu'elle a connue comme étant mon frère. Était-il gentil et aimant ? Est-ce que la prison l'a transformée en l'homme que j'ai découvert ou était-il toujours comme ça ?

— Owen était obsédé par elle. Ils étaient vraiment amoureux au début, à l'instar des adolescents. Ils ont fait des plans. Ils voulaient se marier. Mais après un moment, elle en a eu marre.

— Que voulez-vous dire ? je demande.

— Quand ils sortaient ensemble et que je voulais passer du temps avec Owen, nous devions toujours sortir ensemble. J'aimais beaucoup Nina mais je n'aimais pas tenir la chandelle. Mais j'étais là quand les choses ont commencé à changer. Au début, ils étaient inséparables. Ils ne passeraient pas une journée sans se voir. Mais au bout d'un moment, elle a commencé à trouver des excuses pour expliquer pourquoi elle ne pouvait pas sortir. Il l'a d'abord cru, mais ensuite il a commencé à s'énerver...

Sa voix s'éteint et il regarde par la fenêtre, perdu dans ses souvenirs.

— Est-ce qu'elle le trompait ? demande Sydney.

— Non, je ne pense pas qu'elle ne l'ait jamais trompé, même si je suis sûr qu'Owen l'a fait. Elle a juste commencé à s'éloigner et plus elle s'éloignait, plus il la voulait plus près de lui.

— Était-il possessif ? je demande.

Il ne veut pas le dire mais je peux dire par son expression que c'est exactement ce qu'il entend.

— Elle a fini par rompre avec lui. Mais il refusait toujours de prendre non pour réponse. Il l'a appelée sans cesse et a commencé à la suivre. Au début, elle a répondu à ses appels et a essayé de s'expliquer, mais elle a juste commencé à l'ignorer. Cela a rendu les choses... pires.

19

OLIVE

QUAND J'ESSAIE DE SAVOIR QUOI FAIRE...

J'INSPIRE PROFONDÉMENT.

Je commence à avoir des flash-backs de tout ce que Owen m'a fait subir.

Je prends une autre respiration, cette fois en expirant très lentement dans un effort pour calmer mon esprit.

Le comportement que Robert vient de décrire m'est malheureusement trop familier.

— Alors, que s'est-il passé ensuite ? demandé-je. Il détourne les yeux et prend quelques gorgées lentes pour finir son verre. Quand il a fini, il me regarde.

— J'ai le sentiment que vous le savez.

— S'il vous plaît dites-moi.

— Elle a commencé à voir ce gars Nicky que nous connaissions. Et puis ils l'ont trouvée morte.

— Nicky l'a-t-il tuée ? demandé-je en serrant les poings.

Il ne sait pas encore qu'il parle de Nicholas et c'est une bonne chose.

Je veux connaître la vérité.

Je ne veux pas qu'il fasse la moindre chose pour moi.

Robert secoue la tête avec fureur. — Nicky ? Non, il ne l'a pas tuée.

— Comment le savez-vous ? je demande.

— Peu de temps après, Owen a été arrêté pour cette fusillade chez un dépanneur et j'ai vraiment paniqué à propos de tout ce qui se passait, dit Robert, ignorant ma question. C'est à ce moment que j'ai décidé de partir et d'emménager avec ma grand-mère. M'éloigner le plus possible de toute cette vie.

J'acquiesce. — C'était probablement une bonne idée.

— Mais je pense toujours à Nina tout le temps.

Surtout maintenant que j'ai une fille qui vieillit un peu. Qu'est-ce que je penserais si quelque chose comme ça lui arrivait alors qu'elle était adolescente ? Je voudrais des réponses.

— Mon petit ami est un des suspects dans sa mort, dis-je lentement.

Je ne mentionne pas le fait qu'il a été officiellement arrêté pour le meurtre de quelqu'un d'autre et qu'ils sont en train de préparer un procès contre lui pour inclure le cas de Nina.

Il fronce le front et s'assied sur son siège. — Qui est votre petit ami ?

— Nicholas Crawford. Vous le connaissiez comme Nicky C.

Robert secoue la tête, murmurant non, non, non dans sa barbe.

— Il ne l'a pas tuée ? demandé-je.

Nos yeux se croisent et il me regarde sans ciller. — Absolument pas.

— Qui alors ? demandé-je.

Je sens mon corps commencer à trembler parce que je

suppose que je connais la réponse avant même qu'il ne prononce les mots à voix haute.

— Owen, dit doucement Robert.

— Comment savez-vous ?

— Il est venu vers moi et me l'a dit.

Maintenant, c'est à mon tour de m'asseoir et d'encaisser tout ce qu'il vient de dire. — Mais pourquoi ne l'avez-vous pas dénoncé ? Pourquoi n'avez-vous rien dit aux flics ?

— Je ne pouvais pas.

A cause d'un code de la rue ? Je veux crier. Qu'en est-il de ses parents ? Et maintenant ? Ne vous sentez-vous pas coupable ?

— Pourquoi ? je murmure, alors que ces pensées me traversent comme une rivière. La colère monte en moi. Je suis fâchée qu'un nuage noir plane au-dessus de Nicholas pour une raison que quelqu'un sait à coup sûr. Mais surtout, je suis fâché contre Owen de m'avoir fait soupçonner Nicholas de ce terrible crime.

— Je ne pouvais pas le dénoncer parce que j'avais volé une banque ce soir-là et Owen le savait. Il avait des preuves. Il était mon alibi. Alors, quand il est venu chez moi couvert de sang, je suis devenu son alibi.

Nous ne restons pas beaucoup plus longtemps chez Robert. Nos adieux sont brefs, laissant beaucoup de choses non dites.

Je veux le blâmer pour ce qui est arrivé à l'époque.

Je veux lui reprocher de ne pas s'avancer, mais qui le ferait ?

Devrais-je ?

Je peux voir que la culpabilité de ce qui s'est passé porte encore sur lui. Les parents de Nina ne savent pas ce qui est arrivé à leur fille, mais il le sait et il pourrait leur donner du réconfort, sauf que cela reviendrait à bouleverser sa vie et celle de sa famille.

Sydney et moi en parlons avant de nous rendre à notre cabine de location.

— Tu sais, tu dois admettre que c'est une bonne nouvelle, dit-elle alors que je tourne dans une rue étroite entre de vastes pins recouverts de neige.

— C'est la bonne route ?

Elle vérifie son téléphone et hoche la tête.

— Que veux-tu dire ? je demande.

— Eh bien, nous savons maintenant avec certitude que Nicholas n'a rien à voir avec cela et nous avons un témoin oculaire pour savoir qui l'a fait.

— Pas vraiment un témoin oculaire.

— D'accord, peu importe comment ils l'appelleraient. Owen est venu vers lui couvert de sang, cela doit compter pour quelque chose.

— Bien sûr. Mais seulement s'il témoigne devant le tribunal et que si le FBI le croit même en premier lieu.

Elle respire profondément. — Tu sais, tu n'as pas besoin d'être aussi négative à ce sujet. Tu as fait une réelle avancée là. Pourquoi ne l'acceptes-tu pas pour ce que c'est ?

Je la regarde.

Je veux être aussi heureuse qu'elle l'est, mais de toute façon, elle ne semble pas voir tous les obstacles que nous rencontrons encore.

Comme sa femme, par exemple.

— Robert n'a même jamais parlé de ça à sa femme, fais-je remarquer. Je ne suis pas sûre qu'il soit disposé à parler au procureur.

— Alors, pourquoi t'a-t-il dit tout ça ?

— Parce que je le savais déjà en quelque sorte. Il voulait l'enlever de sa poitrine. Mais cela ne veut pas dire qu'il va tout avouer.

Sydney croise les bras dans un souffle. — Est-ce que cela signifie qu'il va simplement regarder un homme innocent aller en prison pour un crime qu'il n'a pas commis ?

Je secoue la tête.

Je ne pense pas qu'il ira aussi loin, mais le fait est que Nicholas n'est même pas officiellement arrêté pour ce crime.

Il n'est qu'un suspect, mais il n'y a pas d'inculpation formelle.

Je me gare devant la cabine et nous traînons nos valises dans la neige mal labourée.

Quand j'arrive à la porte, je crains que le code ne

fonctionne même pas, étant donné la faible qualité de l'accueil au bord du trottoir.

Mais je suis agréablement surprise.

La cabine a l'air encore plus jolie que sur la photo et le propriétaire a même mis en marche le foyer électrique et le chauffage pour réchauffer l'endroit pour nous.

Solly a l'air inquiet au début, puis se détend quand je le mets sur le canapé et le laisse se pelotonner près du feu.

— Ce sera un endroit confortable pour passer la nuit, dis-je en posant ma valise sur le lit jumeau près de la fenêtre.

Sydney est également impressionnée. Après avoir enlevé nos bottes et mis nos vêtements confortables, Sydney fait un chocolat chaud.

— Merci d'être venue, dis-je. Je ne pense pas que j'aurais pu le faire toute seule.

— Tu aurais pu et tu aurais réussi, mais merci. Elle me fait un clin d'œil.

— Qu'est-ce que je fais maintenant ? je demande, regardant distraitement les flammes qui dansent devant moi. Comment puis-je convaincre le FBI que Nicholas n'a commis aucun de ces crimes ?

— Tu devrais probablement prendre rendez-vous avec le procureur et aller lui parler.

— Je peux faire ça ? je demande.

— Tout le monde peut. Puisque tu es sa petite amie, je suis sûre qu'il va te rencontrer et t'écouter.

— Est-ce qu'il va me croire ? je demande, jouant avec la petite guimauve dans ma tasse.

— Je n'en ai aucune idée, dit-elle en plaçant sa main sur mon pied pour montrer son soutien. Il n'est pas toujours au Montana, non ?

Je secoue la tête.

— Non je ne pense pas. L'assassinat a eu lieu dans le Massachusetts et le procès aura lieu là-bas.

— Bien, bien, comme ça tu n'auras pas à voyager loin pour aller voir le procureur.

J'acquiesce. Oui, quelle bonne nouvelle, je me dis sarcastique.

— Ok, il suffit de garder ça en tête pour le moment.

Détends-toi un peu, savoure ce chocolat chaud et essaies de rire.

Je la regarde.

Son visage est stoïque.

Elle est complètement sérieuse.

Je lui fais un léger signe de tête et dis — D'accord, raconte-moi d'abord une blague.

20

NICHOLAS

QUAND JE SUIS SEUL...

Je n'ai jamais eu grand intérêt pour la musique en grandissant. J'ai écouté ma part de rap et de rock 'n roll, comme tout autre adolescent, mais je n'ai jamais vraiment développé le goût de la musique.

Ce sont toujours les mots sur lesquels je me suis concentré.

Et maintenant, assis ici et regardant ces murs de parpaing vingt-quatre heures sur vingt-quatre, je fais de mon mieux pour me souvenir des mélodies les plus élémentaires pour occuper mon esprit.

Pour une raison quelconque, la chanson de Noël The Little Drummer Boy vient à moi et je me heurte au battement de tambour dans ma tête. Je sais que ça continue et ne se termine pas juste après quelques notes, mais je n'en ai aucune idée.

Une fois rétabli à l'infirmerie, ils m'ont transféré dans le Massachusetts et mis en isolement cellulaire.

C'est apparemment pour mon bien puisque je suis en quelque sorte une célébrité et ils craignent que je ne passe pas en jugement, que je ne survive pas jusque-là.

Mais je ne ressens pas l'isolement comme une protection, et ce n'est pas vraiment isolé.

J'ai droit à une heure de temps en dehors mais je ne peux être dehors que lorsque personne d'autre ne l'est.

Nous sommes quelques-uns en solitaire et les gardes ne nous conduisent pas toujours dehors. Quelqu'un est censé surveiller le programme, mais ce n'est pas comme si nous étions en position de nous plaindre.

Quand je suis arrivé ici, j'ai compté les jours en les marquant sur un bout de papier, mais je suis tombé malade.

C'était juste un rhume, mais avec mon système immunitaire affaibli, il me fallut presque une semaine pour récupérer et après cela, je me fichais de garder la trace des jours.

On s'en fiche quand même, non ? Je suis juste un autre raté que l'État a enfermé.

Tout ce que je peux faire ici, c'est attendre.

Attendre et traverser différentes étapes du deuil.

La semaine dernière, tout ce que je ressentais était de la colère, mais maintenant, tout ce que je ressens, c'est l'apathie. C'est comme si ce de quoi ils allaient m'accuser ou me faire n'avait aucune importance parce que j'ai déjà perdu une chose qui m'importait : Olive.

Mais dès que mes pensées lui reviennent, une étincelle dont j'ignorais l'existence s'enflamme quelque part dans mon esprit.

Je dois me battre pour sortir d'ici, ne serait-ce que pour Olive.

Je n'ai pas fait ça.

J'ai fait beaucoup de mauvaises choses mais je n'ai tué ni David ni Nina et je ne peux pas tomber pour des meurtres que je n'ai pas commis.

Mais surtout, je ne peux pas les laisser me mettre à l'écart et lui faire croire ça.

— Est-ce que toi ? je demande. Tu les crois, Olive ?

J'attends qu'elle réponde, mais elle ne le fait pas.

— S'il te plaît ne pas. S'il te plaît rappelle-toi qui j'étais. S'il te plaît crois moi.

Les larmes commencent à monter dans le fond de mes yeux mais elles émergent sous forme de colère lorsque mes poings se heurtent à l'oreiller.

Je vide ma colère sur l'oreiller , l'aplatissant bien plus que nécessaire.

Une fois calmé, je m'assieds sur la chaise et lui écris une autre lettre. Je ne sais pas où les envoyer et je doute qu'elle les lise un jour, mais je dois quand même les écrire. Je dois lui dire la vérité.

Les gardes parcourent mes lettres.

Rien en prison n'est privé.

Et tout détenu intelligent ne mettrait jamais sur le papier aucun de ses crimes passés, ni ne le justifierait, mais je ne suis pas intelligent.

Et je ne m'en soucie pas vraiment.

Tout ce que je veux, c'est qu'Olive reçoive ces lettres.

Tout ce que je veux, c'est qu'elle sache la vérité
sur moi.

Je veux qu'elle sache ce que j'ai fait et ce que je n'ai
pas fait.

Je veux qu'elle sache que je n'ai pas tué David et que
je n'ai pas tué Nina.

Je ne sais pas qui l'a fait et je sais que j'ai l'air du
suspect le plus probable, mais je veux qu'elle me croie
quand même.

Une fois la lettre finie, je la pose sur la pile des autres à
côté de mon lit et me recouche.

Je ne sais pas quelle heure il est sauf qu'il doit encore
faire jour puisque les lumières sont encore toutes
allumées. Cela ne m'empêche pas de m'allonger, de me
couvrir avec un drap et de fermer les yeux. Les heures
de la journée importent peu ici. Je suis capable de
dormir quand je veux. Le seul problème est que j'y
arrive rarement.

Un peu plus tard, j'ouvre les yeux et rien n'est
différent. Les lumières sont toujours fluorescentes et
éblouissantes et l'heure de la journée reste un mystère.

On est entre le déjeuner et le dîner, mais quand ? Je n'ai aucune idée.

Peu importe l'heure qu'il est , je ne sors plus aujourd'hui.

Ils ont oublié ou ne se soucient pas de m'emmener là-bas. J'attendais cela avec impatience même si je marche juste seul dans une grande cage en ciment tandis qu'un garde me surveille de la tour.

Je veux passer toutes mes journées au lit, mais il dur et inconfortable me faisant mal au dos et à la nuque.

De plus, je sens mes muscles s'atrophier chaque jour et je ne peux pas laisser cela se produire. Je me lève et me force à faire des pompes.

Je compte jusqu'à cent et, au moment où j'arrive vers quatre-vingt-dix, ma forme se détériore.

Ensuite, je passe aux sauts en étoile.

Encore une centaine.

Abdominaux.

Encore une centaine.

Je ne ressens pas la contraction dans mon estomac

comme d'habitude, alors je continue à aller à deux cents.

Qui s'en soucie, non ? Tout est bon pour passer le temps.

Malgré la douleur physique, mes pensées reviennent à Olive.

Je me perds dans ce chalet au bord de la mer.

Je me perds dans ses beaux cheveux et son corps doux.

Je l'imagine avec notre enfant et notre chien et ces poules dont elle a peur mais veut secrètement.

Comment va Solly ? demandé-je.

Est-ce qu'il prend bien soin d'elle ?

Est-ce qu'il va bien s'entendre avec notre chien et notre bébé ?

Bien sûr que oui.

Il adorera même jouer avec nos poules.

Pourquoi ? Parce que c'est dans ma putain d'imagination.

Je cours sur place pendant un moment, comptant

d'abord jusqu'à cent, puis abandonnant et laissant mon esprit dériver.

Je passe beaucoup de temps avec Olive ici, mais il y a une idée que je repousse toujours.

Aujourd'hui, elle me surprend et pénètre d'une manière ou d'une autre dans mon monde idéal et jette de l'acide dessus.

Et si c'était Olive ?

Et si j'étais ici à cause d'elle ?

21

OLIVE

QUAND JE RENTRE À LA MAISON...

Il me faut quelques jours pour prendre rendez-vous avec l'avocat général chargé de l'affaire Nicholas. Je devrais peut-être d'abord consulter son avocat, mais je ne veux pas que le procureur pense que je suis partial ou plus que je ne le suis probablement.

Je regarde des interviews avec lui en ligne afin de me préparer, mais cela ne me fait pas me sentir mieux. Il est combatif et pas particulièrement gentil. C'est le requin que, je suppose, l'État veut qu'il soit. Malgré tout, je n'ai pas beaucoup d'options et je me force à le faire et à faire ce qui est juste.

L'agent de sécurité vérifie mon identité et je traverse les détecteurs de métaux dans le hall sans les déclencher. Quand je parviens au cinquième étage, les portes s'ouvrent sur une grande pièce remplie de bureaux.

Une partie de moi-même s'attend à voir de grandes fenêtres et des panneaux de bois comme dans la série *Law & Order*, pas un bureau d'entreprise basique. L'assistante administrative à l'avant me dit où je peux trouver le bureau du procureur et je suis ses instructions jusqu'au fond. Là-bas, une autre assistante me dit d'attendre qu'il soit prêt à me recevoir.

Au moment où je sors mon téléphone, elle me dit de rentrer. Je prends mon sac à main et rentre.

Le procureur est au téléphone, mais il pointe la chaise devant son bureau pour que je puisse m'asseoir. La plaque signalétique devant moi lit Connor Keenan. Vêtu d'une chemise blanche et d'une cravate, son veston est suspendu au porte-manteau à côté de son bureau. Il est sec et bref au téléphone, il raccroche sans dire au revoir.

Je tends la main et me présente.

— Merci de m'avoir contactée, Mme Kernes. Comment puis-je vous aider ?

Je commence par les lignes que j'ai mémorisées précédemment avec Sydney.

C'est mieux d'y aller préparée, plutôt que de simplement improviser, me conseilla-t-elle. Nous avons donc élaboré un script.

Tout d'abord, je lui dis mon nom. Ensuite, je fais référence à l'affaire, puis j'explique l'enquête que j'ai menée moi-même et lui donne tous les détails pertinents.

Je parle pendant un certain temps et plus je parle longtemps, plus je me sens inspirée.

Il ne me laisserait pas continuer comme ça s'il n'écoutait pas vraiment. Non, cela doit avoir du sens pour lui. Peut-être que je peux y arriver , après tout.

— Merci d'être venue, madame Kernes, dit Connor Keenan. Je vais prendre en compte tout ce que vous avez dit.

Attends une seconde, que se passe-t-il ici ? Je fronce mes sourcils et le regarde.

Il croise mes yeux et ne détourne pas les yeux. Il attend que je dise quelque chose en retour.

— Alors... que va-t-il se passer maintenant ? je demande.

— Je vais prendre tout ce que vous avez dit et l'étudier, dit-il catégoriquement. Mais pour l'instant, j'ai vraiment besoin de retourner à mon travail.

Je reste assise ici quelques instants, mais il continue sa journée comme si je n'étais pas là.

Il ouvre l'un des fichiers devant lui, puis reporte son attention sur le grand écran d'ordinateur situé à gauche de son bureau.

— Alors ... je ne comprends pas, marmonné-je.

— Comme je l'ai dit, merci d'être venue, dit-il. S'il vous plaît, partez.

Il est tellement poli et froid, il me faut un moment pour prendre conscience de ce qu'il fait. Il m'ignore complétement. Il se fout de tout ce que je viens de dire.

— Vous n'allez même pas y réfléchir ? je demande.

— Si. Bien sûr.

— Mais vous n'avez même pas pris de notes.

— J'ai pris des notes, ne vous inquiétez pas, s'il vous plaît. Nous resterons en contact.

— Mais... je commence à dire quand son assistante fait irruption et me fait sortir de la pièce. Attendez, j'ai encore besoin de vous parler...

— M. Keenan est un homme très occupé. Il vous recontactera le plus tôt possible, dit-elle. Maintenant, s'il vous plaît laissez-nous ou nous serons obligés d'appeler la sécurité.

Je sors de la pièce, abattue et déçue. Je pensais qu'il aurait au moins la décence de m'écouter. Maintenant, je sais qu'il a seulement fait semblant d'écouter et qu'il attendait que je cesse de parler pour pouvoir me mettre à la porte.

Incertaine de ce qu'il faut faire maintenant, je baisse la tête et passe devant les box. Au moment où j'arrive à l'ascenseur, une femme me rattrape.

— Olive Kernes ? demande-t-elle, essayant de retenir sa respiration. J'acquiesce.

— D'accord, génial, j'ai besoin de vous parler, marmonne-t-elle en posant sa main sur sa poitrine.

— Prenez votre temps, dis-je.

Compte tenu de sa coupe de cheveux soignée, de ses vêtements et de ses talons aiguilles immaculés et probablement très coûteux, je me prépare à un autre barrage de déception.

— Désolée, j'étais au téléphone avec un client important et je ne pouvais pas lui raccrocher au nez mais j'avais besoin de vous rattraper.

Je hausse les épaules. Je suis tentée de lui dire de se dépêcher et de me dire ce qu'elle attend car j'ai assez vu cet endroit pour aujourd'hui.

— Oh, je suis vraiment désolée, je m'appelle Meredith Clear. Je suis juriste et je suis le cas de Nicholas Crawford de très près, dit-elle.

Cela attire mon attention.

— J'ai regardée toutes les séries policières et écoutée les podcasts et les reportages, tout en lisant tous les documents internes que nous avons sur le cas, poursuit-elle.

— Oh, wow, c'est... dis-je. Je suis sur le point de dire
« super » , mais je ne sais pas trop si ça l'est. Elle
travaille pour le bureau du procureur, après tout.

Elle propose de m'acheter une tasse de café en bas et
n'arrête pas de parler tout le temps.

Elle sait tellement de choses sur son dossier qu'elle me
fait tourner la tête. Elle cite des informations
provenant de différentes sources et me dit ensuite
quelles sont ses croyances et lesquelles ne sont
probablement que des spéculations.

— Attendez une seconde, je l'interromps après avoir
pris nos cafés et nous être assises. Comment êtes-vous
si informée ? Travaillez-vous sur le dossier de votre
patron ?

— Non, non, dit-elle en repoussant ses épais cheveux
auburn. Je sais juste que Nicholas est innocent.

22

OLIVE

QUAND ON PARLE...

UNE VAGUE de soulagement se m'envahit. Grâce à mes propres recherches, j'en suis devenue certaine, mais l'entendre dans la bouche d'une autre personne est en sentiment difficile à décrire. C'est comme enfin trouver une âme-sœur, quelqu'un qui est à vos côtés alors que tout le monde ne l'est pas.

— Alors, comment travaillez-vous cette affaire ?

— Eh bien, je ne suis qu'une juriste ici, mais j'aime écouter des podcasts consacrés au crime et regarder toutes ces émissions comme Dateline et 20/20. En fait, beaucoup de gens le font car il existe une grande communauté criminelle sur internet et beaucoup de personnes suivent son cas.

— Vous faites toute cette enquête par vous-même ? je demande.

Elle sourit et hoche la tête en prenant une petite gorgée de son café au lait. C'est également ce que vous avez fait, non ?

— Oui, mais c'est mon petit ami. J'ai quelque chose à gagner pour sa sortie, plaisante-je. Cela l'amuse.

— Quoi qu'il en soit, ce que je voulais vous dire, c'est que l'État refuse de se soumettre à des tests ADN disponibles.

Ma bouche s'ouvre.

— C'est une année de réélection et Keenan craint de trouver des preuves qui ne correspondent pas à leur histoire. Cela affaiblira leur cas, si ce n'est même le faire disparaitre.

— Alors, le procureur est d'accord pour mettre un homme innocent en prison juste pour le plaisir de sa carrière ?

Elle me regarde comme si je venais d'apparaître de nulle part.

— Bien sûr. Nicholas Crawford est l'un des plus gros cas de l'année, il ne peut pas le laisser échapper. Ses adversaires et ses ennemis ne le laisseront jamais l'oublier.

Je secoue la tête, me sentant dégoûtée et écœurée.

— En outre, le FBI et la police savent que Nicholas a commis d'autres crimes, ils ne peuvent tout simplement pas le prouver.

Je prends une profonde inspiration. C'est difficile à argumenter, alors je laisse tomber, sans le confirmer ni le nier.

— Savez-vous à qui l'ADN pourrait appartenir ? je demande.

Elle secoue la tête. Elle expose tout ce qu'elle sait et je réalise que je tiens les pièces du puzzle.

Quand j'ouvre la bouche, j'hésite.

Devrais-je lui faire confiance, je me le demande ?

Est-ce que je lui dis ce que je sais ?

Mon esprit traverse les principales éventualités.

Disons que je lui fasse part de ce que je sais et elle est

se révèle être une espionne pour son patron, alors quoi
? Rien.

Keenan obtiendra simplement une confirmation
supplémentaire de ce que je lui avais déjà dit. Et si elle
pense que Nicholas est innocent ? Eh bien, j'ai encore
moins à perdre.

— Je dois vous dire quelque chose, dis-je. J'en ai parlé à
deux personnes et, c'est compliqué, mais si vous
m'écoutez bien, vous serez encore plus convaincue que
Nicholas n'a rien à voir avec ce dont ils l'accusent.

Meredith écoute attentivement, contenant son
enthousiasme alors que je passe d'une histoire à
l'autre. À la fin, elle saute pratiquement et m'étreins.

— C'est énorme. Énorme, dit-elle encore et encore.

— Il y a autre chose, dis-je à la fin. Je pense que je sais
qui l'a fait.

Elle me regarde.

Je prends une profonde respiration. Ça y est.

Si je lui dis alors il n'y aura pas de retour en arrière.
Non pas que je le souhaite, mais un sentiment persiste
quelque part dans le fond de mon esprit. Il était la

personne que je pensais être mon frère et quelqu'un que je pensais être dans ma vie pour toujours.

— Owen Kernes, dis-je finalement. Meredith plisse les yeux. C'est mon frère.

À ma grande surprise, un grand sourire se dessine sur son visage.

— C'est un peu ce que je pensais, admet-elle.

— Vraiment ?

— Quelques animateurs de podcast l'ont mentionné comme suspect possible. Il a passé du temps en prison. Il était dans le quartier. Et surtout, il était l'ex-petit-ami de Nina.

Je hausse les épaules, trouvant toujours difficile de croire que cela puisse être vrai.

— La façon dont il a parlé de Nina, j'ai toujours pensé qu'il était amoureux d'elle. Il était tellement en colère contre Nicholas. Quand il m'a dit pour la première fois qu'il pensait que Nicholas l'avait tuée, j'ai failli le croire. Il était si affirmatif.

— Je suis vraiment désolée, dit Meredith en posant sa main sur la mienne.

— Mais maintenant, je connais l'obsession qu'il doit ressentir pour elle. Au moins, c'est ce qu'il a ressenti pour moi. Et si les choses ne s'étaient pas déroulées comme prévu en Californie... Je laissa tomber ma voix, ne voulant pas achever ma pensée.

— Qu'est-ce qu'il y a ? demande-t-elle.

— J'aurais peut-être fini comme Nina, dis-je finalement après quelques respirations profondes.

Meredith ne sait pas ce qui s'est passé alors je le lui dis.

Ce n'est pas la première fois que je le raconte ces évènements et mes mots sortent presque de façon automatique. Après avoir fait le tour de l'histoire avec les flics et les détectives, puis avec Nicholas et Sydney, on pourrait penser qu'ils seraient moins douloureux prononcer.

Malheureusement, ils ne le sont pas.

Cette nuit-là me hante toujours avec des flashbacks apparaissant presque à tout moment, me donnant des sueurs froides.

— Mais comment pouvons-nous prouver qu'il s'agit bien de lui ? demandé-je. Surtout si le procureur ne veut pas y croire ?

Meredith tapote sa main sur la table. — Il y a bien une chose que nous pouvons faire.

J'attends qu'elle m'explique.

— Si nous pouvons en quelque sorte obtenir l'ADN d'Owen et confirmer que cela correspond aux preuves dont dispose le laboratoire du crime, ce serait une grande chose à apporter à Keenan. Ensuite, il serait contraint d'y croire.

— Mais l'État n'a-t-il pas à autoriser cela ?

— J'ai un ami là-bas qui pourrait peut-être aider, dit-elle. Mais le plus important serait d'obtenir un échantillon de l'ADN d'Owen. Tu penses pouvoir faire ça ?

Quand Meredith expose comment je peux obtenir une partie de l'ADN d'Owen, cela semble si simple.

Tout ce dont j'aurais besoin, c'est d'une tasse dans laquelle il a bu ou de quelques mèches de cheveux. Mais le problème est que Owen est en Californie et enfermé en prison.

Comme si cela n'était pas assez compliqué, il y a aussi la situation interpersonnelle entre nous.

Il m'avait attaqué et je m'étais promis de ne plus jamais lui parler en dehors d'une procédure judiciaire.

— Alors, tu vas vraiment faire ça ? demande Sydney en entrant dans ma chambre quelques jours plus tard. Je hausse les épaules, pliant un jean dans la valise, étendue sur mon lit.

Je l'ai renseignée sur les détails et elle a même rencontrée Meredith, qui est venue plus tôt et qui a passée en revue tout ce que je devais faire une fois là-bas.

— Je sais que Meredith veut aider et je suis heureuse que quelqu'un au bureau du procureur soit au moins disposé à l'écouter, même si elle n'est que juriste, mais Olive, c'est *dingue*.

— Je sais, je marmonne.

— Et si tu n'as pas accès à lui ? Je veux dire, si tu devais lui parler à travers du plexiglass ?

— J'ai essayé de savoir quelle était la situation à la prison où il est détenu mais je n'ai pas pu obtenir de détails, dis-je.

— Exactement ! Donc, cela pourrait être une perte de temps.

— Peut-être, mais je dois essayer, dis-je. Que puis-je faire d'autre ?

— Tu peux faire ce que l'avocat de Nicholas t'a dit de faire. Juste ne pas interférer avec quoi que ce soit.

Je serre les poings.

Je suis allée parler à Nancy Leider, l'avocate de Nicholas, et elle a agi aussi calmement avec moi que Conner Keenan.

Elle voulait à peine écouter ce que Robert Bortham et Ricky Trundell m'avaient dit et je devais pratiquement la forcer à écrire leurs noms et leurs coordonnées de manière à ce qu'elle ou une personne de son bureau puisse donner suite à ces informations.

— Je ne sais pas ce à quoi il pensait lorsqu'il l'a choisie, mais elle doit travailler pour l'accusation. Elle se fout de Nicholas, dis-je hors de moi.

Sydney s'assied sur le lit à côté de moi. Elle a naturellement entendu tout cela auparavant.

— Je souhaite juste pouvoir avoir une chance de le

voir, balbutié-je entre les larmes. Il est de retour ici mais ils ne me laisseront pas lui parler.

Sydney enroule ses bras autour de moi.

— Pourquoi pas ? N'a-t-il pas droit aux visites ? Qu'est-ce qu'ils essaient de cacher ?

Ces questions sont rhétoriques, bien sûr, car je connais déjà les réponses.

Nancy Leider m'a dit qu'ils le maintenaient à l'isolement et que leur politique était de ne pas laisser les prisonniers dans cette situation attirer des visiteurs.

— Ils ont dit qu'il avait été attaqué quand il était avec les autres détenus, dit Sydney. C'est probablement pour son propre bien.

— Mais certains détenus y sont depuis des années. Est-ce qu'ils ne reçoivent jamais de visiteurs ?

— Je pense que c'est après leur condamnation et il peut y avoir des règles différentes pour eux, je ne sais pas.

Je prends une profonde aspiration et essuie mes larmes avec le dos de la main.

Je n'aime pas y penser trop longtemps, sinon je me sens trop impuissante et dépassée.

— Tu vois, c'est exactement pour ça que je dois aller en Californie et faire cela. Si nous pouvons savoir avec certitude si Owen est coupable, alors toutes les pièces du puzzle seront bien assemblées.

— Mais tu ne sais toujours pas si Robert et Ricky témoigneront de ce qu'ils ont vu, fait remarquer Sydney.

Ça à peu de chance de réussir je sais. L'avocat général veut la tête de Nicholas pour assurer sa carrière.

Les deux témoins sont plus qu'hésitant, car ils ont commis leurs propres crimes pour lesquels ils ne veulent pas vraiment avoir de problèmes.

Et même s'ils devaient se manifester, on ne sait pas si le jury les croira.

Et c'est précisément pour cette raison que je dois savoir si l'ADN est compatible. C'est le chaînon manquant. C'est mon seul espoir de prouver que Nicholas n'a rien à voir avec ces meurtres.

23

___

OLIVE

QUAND J'Y RETOURNE...

Le vol du lendemain matin vers l'aéroport international de Palm Springs est long mais sans incident.

Josephine vient me chercher et m'aide à charger mon bagage de cabine dans sa BMW. Après un bref câlin au bord du trottoir, nous nous dirigeons vers sa maison, à environ vingt minutes de trajet.

Elle est, bien sûr, l'autre raison de ma venue ici.

J'étais dans un si mauvais état d'esprit quand j'ai décollé que je ne savais pas comment arranger les choses.

Je voulais tellement m'excuser mais je ne trouvais pas les mots.

Depuis que je suis rentrée à Boston, nous avons parlé à quelques reprises, mais chaque fois, j'ai eu l'impression que cet distance entre nous devenait de plus en plus grande à chaque conversation.

Peu importe le nombre de fois où j'ai essayé, je ne pouvais pas passer à travers.

Josephine sait pourquoi je suis de retour ici et elle sait ce que je veux faire. Depuis que Owen a été arrêté pour m'avoir attaquée, sa caution a été refusée et il attend son procès.

Je ne suis pas tout à fait sûre de ce qui se passera si ou plutôt *lorsqu'il* sera reconnu coupable. Il passera probablement une partie de sa condamnation ici et ensuite, il devra purger le reste de sa peine dans le Massachusetts pour avoir fui l'État et enfreint les règles de sa libération conditionnelle. Les deux États devront probablement décider où il purgera sa peine ou peut-être devra-t-il les faire de manière consécutive.

Ce n'est pas ce dont je veux parler avec Josephine.

Au lieu de cela, je tiens à m'excuser d'être réservée.

Je tiens à la remercier de m'avoir ouvert sa maison et son cœur.

Je tiens à la remercier de ne pas m'avoir refusée quand je suis venue la voir pour la première fois.

Je tiens à la remercier de m'avoir présenté son mari et ses enfants.

Je veux la remercier de ne jamais avoir cessé de me chercher. Et surtout, je veux lui demander si je peux l'appeler « Maman ».

Mais alors que nous montons dans les collines et que je me perds dans le bleu du ciel et la chaleur du soleil sur ma peau, je ne peux me résoudre à dire quoi que ce soit.

Au lieu de cela, je la regarde et écarte une larme d'un battement de cils qui menace de couler sur ma joue.

***

PLUS TARD DANS LA SOIRÉE, alors que nous buvons du vin et rions devant les plats à emporter thaïlandais, je lui raconte enfin toute l'histoire.

Le frère de son mari est en ville et ils ont emmené tous

les enfants voir une course de voitures, nous laissant seules à la maison.

Elle s'exclame tandis je raconte tout ce qui s'est passé dans le Montana et ce que j'ai ressenti en renouant avec Nicholas avant qu'on ne me l'arrache si brutalement.

Elle écoute sa main sur sa bouche pendant que lui raconte ma visite chez sa mère, puis Ricky, puis ma mère, et de faire le voyage dans le Maine et de trouver Pink Eye, un membre de gang retrouvé menant une vie de professeur de psychologie et de père de famille.

— C'est une sacrée histoire, Olive, dit-elle en ouvrant une autre bouteille de vin. Je prends une bouchée de cracker en hochant la tête.

— Et il fallait que tu saches, j'ajoute.

— As-tu déjà pensé à l'écrire ? demande-t-elle.

— L'écrire ? Je ne sais pas. J'aime lire des romans mais je ne sais pas si je pourrais en écrire un.

— Beaucoup d'écrivains ne seront pas d'accord avec moi, mais je crois que tout le monde peut apprendre à écrire.

— Vraiment ?

Elle hoche la tête.

— Il s'agit de prêter attention aux détails. Les événements et les points de l'intrigue sont une chose, mais ce qui fait de quelqu'un un écrivain, c'est la façon dont il raconte l'histoire. Toi et moi raconterions l'histoire de deux manières complètement différentes, car les détails sur lesquels je voudrais prêter attention et inclure sont différents de ceux que tu veux incorporer.

Je penche la tête d'un côté, ne comprenant pas vraiment où elle veut en venir.

Tous les détails ne sont-ils pas pareils ?

Comme des événements qui se déroulent en séquence ?

Quand je lui pose la question, elle rit et secoue la tête.

— Non pas du tout. Même dans la manière dont tu m'as raconté l'histoire de ce qui s'est passé depuis votre départ de chez moi, tu as inclus toutes ces descriptions de ce que tu as vécu et de ce que tu as ressenti à propos de tout ce qui se passait. Tu as décrit à quoi ressemblait le motel où tu as trouvé Solly. Tu m'as pratiquement montré la forêt où Nicholas campait et la façon dont l'eau brillait au soleil.

Je m'assieds contre la chaise rembourrée.

Est-elle vraiment sérieuse ou a-t-elle trop bu ?

— Toutes ces choses me disent que tu as l'esprit pour être une très bonne écrivain. Et en plus, tu as l'histoire parfaite à raconter.

Je me mords l'intérieur des lèvres en réfléchissant à ce qu'elle vient de dire. Elle sait surtout ce qui s'est passé maintenant, sauf ce qui s'est passé auparavant.

Elle ne sait pas comment j'ai rencontré Nicolas : la dette, l'obligation, la promesse de passer une année avec lui.

On dirait que tout cela s'est passé il y a un million d'années et qu'hier encore à la même heure.

— De toute façon, je ne veux pas faire pression sur toi, bien sûr. Je voulais juste t'encourager à y réfléchir. Écrire est vraiment très difficile, mais cela te donne cet énorme sens du but et de la réussite. tu crées un monde et ces personnages qui n'existaient pas auparavant et tu leur insuffle la vie.

— Mais c'est juste avec des romans, pas un mémoire, pas vrai ? je demande.

— On pourrait le penser, mais non, c'est la même chose avec tous les écrits. Avec un mémoire, tu es un peu limitée aux faits et aux choses qui se sont réellement passées mais, comme je l'ai dit auparavant, deux personnes différentes vont avoir deux expériences distinctes de ce qui est arrivé à cause de la façon dont elles voient le monde et elles-mêmes. Leurs histoires seront inévitablement différentes. Donc, en écrivant un mémoire ou une histoire vraie, tu dois faire la même chose que dans la fiction. Tu dois créer le personnage qui a vécu ces péripéties. Ce fut peut-être toi à un moment donné, mais ce n'est surement pas le toi que tu es aujourd'hui.

24

OLIVE

QUAND JE VAIS LE VOIR...

Josephine me conduit à la prison où est détenu Owen. C'est un bâtiment qui a l'air anodin et qui ressemble plus à un bureau ou à une sorte de structure administrative qu'à une prison. Il n'y a pas de fil de fer barbelé et de gardes armés de fusils comme ceux qui gardaient la prison où j'ai récupéré Owen.

— Olive, je sais que tu fais ça pour les bonnes raisons, mais si tu es effrayée, si tu as plus peur que maintenant, ou si tu te sens en danger, arrête. Cela n'en vaut pas la peine, dit-elle.

Je lui fais un signe de tête et un sourire courageux. Josephine dit cela pour être encourageante et pour me donner la permission d'échouer mais je ne peux pas me le permettre. Si cela ne fonctionne pas ou si j'ai trop peur d'affronter Owen, même dans cet environnement protecteur, Nicholas disparaîtra pour un long moment. Non, quelles que soient mes peurs, je dois les mettre de côté.

Lorsque je sors de sa voiture, je lui fais un signe de la main et lui promets de lui envoyer des **SMS** dès que je l'aurai fait pour qu'elle puisse venir me chercher.

Je me dirige vers le garde derrière un épais mur de plexiglas et lui dis la raison de ma venue. Il me demande mon identité et me laisse ensuite traverser le détecteur de métaux.

Pour me préparer à cette visite, j'ai lu toutes les exigences et programmée le rendez-vous hier comme indiqué. Je baisse les yeux sur mon téléphone et vérifie l'heure.

La vérification des entrées des visiteurs débute 20 minutes avant l'heure de visite prévue. L'enregistrement prend fin dix minutes avant l'heure de visite prévue et chaque visite doit durer quarante-cinq minutes.

Les seuls éléments autorisés dans la zone de visite sont les clés du véhicule et un téléphone portable. Ils ont un système de boites pour laisser les téléphones cellulaires et j'en enregistre un et paye les frais d'un dollar pour l'utiliser.

Le garde me montre le banc où d'autres femmes sont assises. Je suis la seule ici sans enfant ni bébé.

Je repense aux enfants de Josephine dans sa belle maison surplombant la vallée et les appartements encombrés dans lesquels ces enfants vivent probablement et où mon cœur se serre pour eux.

Comment se fait-il que certaines personnes aient tant de choses alors que d'autres en aient si peu ?

Sans mon téléphone pour me divertir, le temps s'écoule au ralentit. Je suis arrivée à l'heure et je ne devrais attendre que vingt minutes, mais j'ai l'impression que cela fait des heures.

Finalement, ils nous font voir tous dans une grande pièce avec des tables rondes et des chaises boulonnées au sol. Il y a de petites fenêtres près du plafond le long de chacun des quatre murs, mais sinon, cela ressemble beaucoup à la cafétéria où j'ai déjeuné pendant quatre ans à mon lycée public.

Les détenus sont déjà assis à différentes tables et je

scrute la pièce à la recherche d'Owen. Au début, les enfants se sont précipités dans les bras de leur père.

Les gardes nous surveillent attentivement, car nous n'avons droit qu'à un petit câlin et à un bisou sur la joue, pas d'affection excessive.

Ce ne sera pas un problème dans mon cas.

Je le repère assis à la table la plus éloignée, près de l'entrée, où il est probablement passé. Il a la tête basse, mais il scrute la pièce du regard, finassant par me fixer tel un laser pointant dans ma direction.

Je détends mes poings serrés et relève le menton. Je ne lui montrerai pas que j'ai peur. Je ne lui montrerai pas que je suis intimidée.

Owen ne dit pas un mot quand je l'approche.

Soudainement, son visage a plus de rides et sa peau a une teinte jaune, ce qui la rend cireuse et fatiguée.

— Merci de me voir, dis-je en m'asseyant en face de lui.

Du coin de l'œil, je vois un distributeur automatique rempli de tablettes et de barres de chocolat et un énorme récipient en plastique contenant de l'eau potable ainsi que de petites tasses.

Contrairement aux collations, l'eau est gratuite. La majorité des détenus se goinfrent déjà d'une chose ou d'une autre, mais Owen croise simplement les mains devant lui et entrecroise les doigts.

— Qu'est-ce que tu veux ? demande-t-il.

Il y a de l'hostilité dans sa voix.

J'ai envie de me mordre la lèvre inférieure mais je ne le fais pas. Je savais que cela ne serait pas facile, mais je ne peux pas le laisser me voir abandonner.

— Je voulais te parler de ce qui s'est passé, dis-je après un moment.

— Oh oui ? Pourquoi ça ?

J'espérais qu'il serait beaucoup plus réceptif de me revoir, surtout que c'était une surprise, mais maintenant je me rends compte que je dois faire un effort pour lui parler.

En ce moment, il est tout de glace.

Mais ce que nous avions autrefois était une vraie relation.

Si je veux qu'il se détende et que je puisse l'atteindre,

je ne peux pas être de de marbre. J'ai besoin d'être vulnérable.

Je baisse les yeux vers la table puis lève lentement les yeux vers lui. Pendant un moment, je vois l'homme que j'aimais comme un frère et un ami.

— Je veux juste comprendre ce qui s'est passé, dis-je après un moment. Comment les choses ont mal tourné.

Il secoue la tête.

— Tu ne veux pas me le dire ?

— Que veux-tu savoir ?

— Pourquoi... pourquoi as-tu... pourquoi m'as-tu suivie et attaquée ? demandé-je.

Ses yeux se concentrent sur les miens et je vois une tendresse que je n'avais pas vue depuis longtemps. Mais ensuite il cligne des yeux et elle disparaît.

— Je ne sais pas de quoi tu parles, Olive, dit-il.

Sa voix est sans âme et stoïque.

— Pourquoi es-tu comme ça ? balbutié-je.

— Penses-tu que je suis stupide ?

— Non.

— Tu crois que je suis un idiot ?

— Non.

— Alors pourquoi tu me traites comme si je l'étais ?

— De quoi parles-tu ? demandé-je.

— Je sais ce que tu fais ici, Olive. Je ne suis pas un putain de crétin !

Mon sang se glace.

Des frissons me parcourent la colonne vertébrale alors que chaque muscle en moi se refroidit.

Il sait pourquoi je suis ici ?

Comment ?

— Tout ce que nous disons est enregistré. Je ne vais pas te parler de ce qui s'est passé ou ne s'est pas passé pour que tu puisses améliorer ton dossier de merde contre moi. Tu sais ce que tu as fait, Olive. Tu sais que tout dans ce rapport de police est un mensonge. Toi et moi le savons tous les deux.

La première respiration est la plus difficile, mais une fois que l'air a rempli mes poumons, les autres viennent beaucoup plus vite et plus doucement. Il était si confiant et sûr de lui qu'il m'a fait peur quand il a dit qu'il savait pourquoi j'étais ici. Mais maintenant que je sais qu'il pense que tout est à propos de son attaque, j'ai le dessus.

— Nous n'avons pas besoin de parler de ça, dis-je doucement, faisant semblant de lui céder du terrain.

— De quoi veux-tu parler alors ?

— De nous.

Il plisse les yeux, essayant de me lire.

Je détends mon visage et m'assieds.

Je n'ai rien à cacher parce qu'en réalité je veux parler de nous.

— Qu'est-ce qui nous est arrivé ? je demande. Je me souciais vraiment de toi comme mon frère. Toutes ces lettres que tu m'as écrites en prison étaient-elles juste des mensonges ?

Ses épaules s'abaissent alors qu'il ajuste son siège. Parle-moi, me dis-je silencieusement encore et encore. Juste parle-moi.

— Bien sûr que non. Tout ce que j'ai dit n'était rien que la vérité.

— Qu'en est-il de tes plans pour quand tu allais sortir ? Quand nous sommes arrivés en Californie, tu as laissé tomber.

Il hausse les épaules.

— Ça ne fait rien maintenant, non ?

— Je ne dirais pas ça.

— J'ai rompu ma promesse.

— Donc, tu vas passer un peu plus de temps en prison, mais ensuite tu vas sortir et tu dois encore comprendre ce que tu veux faire de ta vie.

Il se frotte la tempe avec son index. Puis il se passe la main dans les cheveux et me regarde. C'est le Owen que j'ai aimé il y a un temps. Celui à qui je pensais pouvoir parler. Celui que j'ai cru comprendre.

— Je vais boire quelque chose, tu veux quelque chose ?

— Non merci.

Ma gorge se serre, mais je ne le laisse pas voir. Je me dirige vers la station d'eau et me verse une petite tasse.

Je n'ai pas attendu assez longtemps.

J'aurais dû attendre plus longtemps.

De cette façon, nous aurions pu parler plus et sa bouche serait devenue plus sèche.

Mais il est trop tard maintenant.

Merde.

Merde.

Merde.

— En fait, si, peux-tu m'en verser un ? me crie Owen.

Mon cœur bat la chamade et mes mains se mettent à trembler lorsque j'ouvre l'embout et regarde l'eau remplir le gobelet en papier fragile.

— Pourquoi es-tu ici, Olive ? demande Owen quand je le lui tends.

Je le regarde l'amener à ses lèvres et l'enlever d'un seul coup.

— Je ne sais pas, dis-je doucement, en le regardant. Il fut un temps où je pensais que tu étais mon meilleur ami et je suppose que ça me manque. Plus que ce que je voudrais bien admettre.

Owen sourit du coin des lèvres.

— Tu m'as manquée aussi, dit-il.

Le garde fait une annonce qu'il ne nous reste plus qu'une minute. Alors que je le regarde dans les yeux, je ne sais plus quoi lui dire. Une partie de moi le manque. Même après tout ce qu'il a fait et m'a fait endurer, je ne peux m'empêcher de pleurer l'homme que j'imaginais être.

Quand un garde s'approche de nous, Owen se lève. — Veux-tu me rendre visite à nouveau ? demande-t-il.

— Oui, je mens.

Il ouvre ses bras et je me force à me rapprocher de lui et le laisse m'embrasser.

Je sens son cœur battre à travers son uniforme de prison et je me demande à quel point ça a l'air normal, presque comme s'il s'agissait d'une personne ordinaire.

Après qu'il se soit éloigné, j'attends qu'il s'éloigne pour pouvoir prendre sa coupe.

Mais à ma grande surprise et à mon grand étonnement, il entoure la tasse de ses doigts et la prend avec lui.

Incapable de l'arrêter ou de faire grand-chose, je commence à exister en biostase.

Je veux lui courir après, l'attaquer et prendre cette tasse de sa main mais je sais que les gardes m'arrêteraient et ne me laisseraient jamais la prendre.

Je souhaite plus que tout pouvoir remonter le temps mais au lieu de cela, je suis simplement obligée de rester impuissante et de regarder le destin de Nicholas scellé pour de bon.

Mais alors, une lueur d'espoir !

Avant de sortir, Owen jette la tasse dans la poubelle près du distributeur.

— Cela vous dérange si je prends des M&M's avant de partir ? Je me tourne vers le garde qui se tient près de ma table. Je n'ai rien mangé aujourd'hui.

— Dépêchez-vous, marmonne-t-il et se dirige vers une autre table avec un bambin qui crie et qui ne comprend pas pourquoi son papa doit partir.

Je mets quatre pièces de vingt-cinq cents dans la machine et appuie sur les chiffres correspondant aux cacahuètes.

Une fois que je l'ai récupéré dans le compartiment du bas, je déchire le haut et jette le morceau déchiré dans la poubelle à côté du gobelet d'Owen.

Après un rapide coup d'œil dans la pièce, je saisis le verre jeté, en prenant soin de ne pas toucher le bord, et l'enfouis derrière mon dos.

25

OLIVE

LES RÉSULTATS...

En parcourant Boston Common chaque jour sur ma promenade de trois kilomètres, je ferme ma veste jusqu'au sommet pour éviter que le vent ne me refroidisse au maximum.

Il est difficile d'imaginer que la semaine dernière, j'ai été submergée par les eaux turquoise chaudes de la piscine de ma mère en regardant les palmiers se balancer sous la brise.

Je jette un coup d'œil sur mon téléphone pour ce qui semble être la cinquantième fois aujourd'hui.

J'attends un appel de Meredith avec des nouvelles du test ADN. Je leur avais envoyé la tasse la nuit dans un sac plastique et cela fait maintenant presque dix jours.

Avec les enquêtes officielles, cela peut prendre un an ou plus, mais Meredith m'a assuré que nous pourrions obtenir les résultats en moins de deux semaines.

Ce ne sont bien sûr pas des résultats officiels.

Elle a une amie au laboratoire qui a accès à tous les échantillons recueillis.

Il y a des échantillons de sang dans la chambre du motel où Nina a été portée disparue (son corps n'a jamais été retrouvé) et il y a des échantillons de la scène où David a été retrouvé.

Bien sûr, il est très illégal de manipuler les données recueillies sur les lieux du crime, mais Meredith m'assure que son amie peut utiliser une petite quantité pour effectuer le test de comparaison et laisser le reste à un test par décret officiel.

J'accélère rythme tandis que je prie pour qu'il y ait une correspondance. En plus d'être négatifs, les résultats peuvent également ne pas être concluants et ceux-ci nous laisseront quasiment au même point ù nous en sommes actuellement.

Le seul espoir de Nicholas est que l'ADN renvoie Owen.

Mon téléphone commence à vibrer et je réponds avant même qu'il ne sonne. — Meredith ? dis-je.

Il y a une longue pause.

Ce n'est pas bon.

Je secoue la tête et répète son nom.

— Ça correspond ! crie-t-elle. Il l'a fait ! Owen les a tués !

Je commence à sauter de haut en bas, rayonnant et souriant d'une oreille à l'autre.

Je n'arrête pas de lui demander si elle est sûre et n'arrive pas à la croire quand elle me confirme qu'elle l'est. Elle est toujours au travail et ne pourra pas venir avant le soir.

Je rentre à la maison avec impatience, mais elle n'y est pas non plus.

Il me faut presque une demi-heure pour me calmer et dès que Josephine répond au téléphone, mon excitation explose.

— Oh mon Dieu, dit-elle. Je ne peux pas croire qu'il les a tués tous les deux. Tu es chanceuse.

Je fais une pause. Elle a raison. Je n'y avais pas pensé de la sorte auparavant, mais Josephine a tout à fait raison en ce qui concerne Owen.

Il a tué Nina et David et il a essayé de me violer. S'il avait réussi, il aurait probablement aussi essayé de me tuer.

La chair de poule remonte et descend le long de mes bras et je les frotte pour la faire disparaître.

Nous discutons pendant un moment et célébrons, mais ensuite Josephine doit partir et souhaitant avoir quelqu'un à qui parler, j'appelle Meredith et lui demande quelle est la prochaine étape du processus.

— Le problème, c'est que nous devons maintenant en informer le procureur, déclare Meredith.

— Tu crois que ça va être difficile ? je demande.

— Ce ne sera pas facile, dit-elle avec un soupir. Le problème, c'est que je ne peux pas lui dire que nous avons déjà fait le test, car mon technicien de laboratoire et moi-même serons certainement licenciés et ferons éventuellement l'objet d'accusations criminelles pour altération des preuves.

Wow, je ne savais pas que ce que nous faisions était si illégal.

— Alors que faisons-nous ?

— Nous devons les convaincre de gérer l'ADN sans leur dire ce que nous savons, déclare Meredith.

Ma bouche s'ouvre.

J'étais persuadé que si nous obtenions la correspondance ADN, nous pourrions la partager avec le monde entier.

Et maintenant ? Maintenant, nous devons garder le secret ?

— Ce n'est pas ce que tu m'avais dit auparavant, dis-je doucement.

Elle ne répond pas.

— Je sais, je suis vraiment désolée. Mais nous avons altéré les preuves. Nous ne pouvons en informer personne, sinon ils vont porter plainte. La seule façon de le faire est d'essayer de convaincre le procureur qu'Owen est le gentil.

Elle se répète encore et encore, comme si cela allait changer son histoire.

Je laisse échapper un long soupir et regarde ma respiration se heurter à l'air froid et faire un grand pouf en une vapeur d'eau.

***

Le lendemain matin, je retourne au bureau de Nancy Leider. Elle est l'avocate de Nicholas et cette fois, je vais la forcer à m'écouter.

Je ne m'étais pas battue assez fort pour lui auparavant, mais maintenant que je connais la vérité et que je sais qu'il est innocent à cent pour cent, je dois lui faire comprendre.

Son assistante me fait entrer dans son bureau et m'apporte une tasse de thé avec un assortiment de sachets de thé.

Le bureau est luxueux et confortable avec une moquette épaisse, un luxueux canapé rembourré, couleur du blé et un bureau en verre avec très peu de choses dessus.

En fait, le bureau lui-même ne semble pas appartenir à un avocat.

Il y a même un grand tapis en fausse peau de mouton sur le sol que je ne peux pas m'empêcher de toucher.

— Merci d'avoir attendue, dit Nancy en déposant son iPad sur la table et en croisant les bras sur sa poitrine avant de me demander ce qu'elle pouvait faire pour moi.

J'espère qu'elle ne sera pas seulement polie mais qu'elle écoutera ce que j'ai à dire cette fois-ci.

Je lui rappelle que je suis encore une fois la petite amie de Nicholas et commence à relater ce que j'ai appris de Ricky Trundell et Robe Bortham quand elle m'interrompt.

— Vous m'avez déjà dit tout cela auparavant, dit-elle.

— Je sais, mais je voulais juste recommencer au cas où vous ne m'auriez pas bien entendue avant.

— J'entends toujours tout correctement.

— Eh bien, au cas où vous oublieriez...,commencé-je à dire mais elle me coupe à nouveau avant de passer en revue tous les faits que j'ai appris des deux manières beaucoup plus succinctes et détaillées que j'aurais pu expliquer.

— Qu'est-ce que vous êtes *vraiment* venue me dire ici ? demande Nancy en allumant le grand écran de son ordinateur et en sortant le clavier sans fil.

— Si je vous dis cela, pouvez-vous promettre de ne le dire à personne ? je demande. Elle plisse ses yeux.

— Je ne peux le faire que si je suis officiellement votre avocat.

Que fait-elle ? Est-ce une sorte de stratagème pour me faire payer ?

— Je n'ai pas beaucoup d'argent, dis-je.

Elle ouvre le tiroir de son bureau et en sort une feuille de papier. Je jette un œil dessus et c'est un accord très élémentaire selon lequel elle agira en tant que procureur et que tout ce qui se passe entre nous sera une information privilégiée.

— Signez ceci et payez-moi et je ne révélerai jamais rien de ce que vous me dites sans votre permission.

Je prends une profonde inspiration et écris mon nom sur la ligne. Après que je la paye avec des pièces de vingt-cinq cents, le seul argent que j'ai sous la main, je lui raconte tout ce qui s'est passé.

— Ce que vous avez fait est un crime très grave, dit-elle avec un long soupir. Mais je ne peux pas dire que cela ne m'apaise pas l'esprit de savoir que je représente en réalité un homme innocent.

Une vague de soulagement me submerge.

Enfin, quelqu'un me croit !

— OK, laissez-moi réfléchir à la façon dont nous pouvons aborder cette question de la manière la plus délicate possible et je vous tiens au courant.

— Merci ! Merci beaucoup ! dis-je en attrapant mon sac à main.

— Au fait, elle m'arrête au niveau de la porte. Si vous voulez voir Nicholas, ils viennent de le transférer à Boston.

26

NICHOLAS

QUAND IL M'EMMÈNE QUELQUE PART DE NOUVEAU...

LES PRISONS SONT les mêmes et différentes à la fois. L'emplacement change. En même temps que les personnes et certaines des règles, mais le manque de liberté demeure.

Certaines prisons sont meilleures que d'autres principalement en raison de leurs relations. Vous rencontrez des personnes avec lesquelles vous vous connectez, vous vous faites des amis, puis vous devez vous déplacer. Du moins, c'est ce que ma nouvelle amie ici dans le Massachusetts m'a dit.

Il est assez gentil et il aime parler. J'aime écouter, alors nous sommes un bon match. Il n'est pas violent non plus, ce que j'apprécie car la dernière chose que je veux, c'est de finir solitaire.

Mes ecchymoses ont presque guéri à l'extérieur, me laissant juste avec des excès de panique et une terreur pure qui sort de nulle part et envahit mon corps sans que je ne puisse les contrôler.

Je ne me suis pas senti de la sorte depuis mon enfance durant laquelle j'avais des terreurs nocturnes. Certaines personnes disent qu'elles surviennent aux enfants tout à coup. Mais pas les miennes.

C'est le résultat de mon oncle et d'autres hommes effrayants de ma soi-disant famille qui, non seulement ne m'ont pas protégé, mais m'ont fait du mal. Mais c'est une autre histoire pour une autre fois.

C'est la raison pour laquelle nous sommes enfermés toute la journée. Vous commencez à laisser votre esprit vagabonder et l'endroit où il atterrit est généralement assez sombre et inhospitalier.

Aujourd'hui, j'ai rendez-vous avec mon avocat.

Elle vient me rendre visite et hoche la tête avec compassion alors qu'elle apporte une tranche de mauvaise nouvelle après l'autre. Ça a été comme ça au cours des sept dernières visites, et ce ne sera pas différent aujourd'hui.

Honnêtement, si je pouvais lui épargner un voyage et lire ses courriels, je l'apprécierais. De cette façon, je n'ai pas à prendre un air courageux et prétendre que ce qu'elle me dit est normal.

— Merci de me voir dans un délai aussi court, dit-elle en s'asseyant en face de moi.

Nous sommes séparés par des centimètres de plexiglas et par la présence d'anciens récepteurs à nos oreilles afin que nous puissions nous entendre.

— Ce n'est pas comme si j'avais un emploi du temps chargé, dis-je en haussant les épaules.

— J'ai de bonnes nouvelles pour vous.

Je lève un sourcil.

— C'est à propos d'Olive... de votre copine. Mon cœur se serre.

— Ex-copine, je la corrige.

— Je sais que vous avez eu des doutes sur le fait qu'elle soit ou non celle qui a appelé le FBI.

Je hausse les épaules en essayant de prétendre que ça ne me dérange pas.

— Elle ne l'a pas fait, dit Nancy en secouant la tête.

Je plisse les yeux, pas sûr de devoir la croire.

— S'ils l'ont suivie, je ne le sais pas, mais elle a fait de son mieux pour vous atteindre sans être vue.

— Comment savez-vous ? demandé-je, toujours sceptique.

— Laissez-moi vous raconter une petite histoire, dit Nancy.

En écoutant tout ce qu'Olive a fait depuis mon arrestation, des larmes me viennent aux yeux.

Au début, j'ai le sentiment que Nancy invente des choses, même si dans son métier, c'est une chose très dangereuse à faire.

Mais après quelques instants, je sais que ce qu'elle dit est la vérité absolue.

Elle termine en me racontant comment Olive a obtenu l'ADN d'Owen et confirme que c'est lui qui a tué les deux. Lorsque j'entends cette partie, je crains une seconde que notre conversation soit enregistrée et que quelqu'un l'utilise comme information contre elle.

— Elle a vraiment fait tout ça ? je demande, essuyant les larmes avec le dos de ma main.

Nancy hoche la tête et se lance dans son plan pour faire venir le procureur du Conseil chargé de faire le test ADN.

Selon elle, la bataille sera rude, mais elle s'entend bien avec lui et elle espère qu'il leur suffira de leur laisser Owen, un criminel reconnu coupable, sur un plateau d'argent pour me laisser partir.

Mais ce n'est pas encore chose faite.

Je passe les jours qui suivent à flotter sur un nuage. Les gens se disputent autour de moi.

Ils lancent des jurons et des coups de poing mais rien ne m'atteint. La seule chose à laquelle je pense, c'est Olive. Elle ne m'a pas livrée et elle s'est battue pour me sortir de cet endroit paumé tout au long de mon séjour ici.

Elle a découvert plus que je ne pensais possible. Elle a parlé à Ricky, à Pink Eye et à tant d'autres personnes faisant partie d'un monde que je pensais avoir quitté depuis longtemps. Elle a même parlé à ma mère.

Olive vient me rendre visite aujourd'hui et je compte les minutes qui me séparent de sa venue. Je ne pourrai ni la toucher ni même la sentir, mais je pourrai la voir et pour le moment, c'est suffisant.

C'est enfin le moment. Un garde m'emmené le long couloir. Mes chaussures en caoutchouc standard émettent un son de grattement fort lorsqu'elles heurtent le linoléum. Quand la porte s'ouvre, je la vois. Son visage s'éclaire et elle sourit. Je me précipite pratiquement vers le téléphone pour pouvoir entendre sa voix.

— Tu es là, je murmure.

— Je suis là. Elle hoche la tête.

Ses cheveux tombent un peu sur son visage et elle les éloigne. Nos yeux se croisent et je vois une larme dans le coin du sien.

— C'est bon, tout ira bien, murmuré-je.

Je n'ai aucun moyen de le savoir, mais c'est une bonne idée et pour l'instant je veux seulement me concentrer sur de bonnes pensées.

— Merci beaucoup d'avoir fait tout ce que tu as fait pour m'aider. Nancy vient de me mettre au courant, dis-je, posant la main sur le verre, voulant plus que tout la toucher. Ce n'était vraiment pas nécessaire, mais j'apprécie beaucoup.

— C'était Owen depuis le début, dit-elle doucement. Il a tué ton partenaire et il a tué sa petite amie.

J'acquiesce.

Rétrospectivement, cela a du sens. C'est pourquoi il m'accusait toujours de ça. C'est pourquoi il était fâché que je sois avec elle.

Il voulait que je prenne la chute pour son crime et me voilà dos au mur.

Olive pose sa main sur le verre en respectant le contour de la mienne. Mais ensuite, elle baisse la tête et s'éloigne.

— Qu'est-ce qui ne va pas ? demandé-je. Elle ne répond pas alors je demande à nouveau.

— Meredith a été virée, dit-elle doucement. Je n'ai aucune idée de qui c'est.

— C'est l'assistante juridique du bureau du procureur

qui m'aidait dans le dossier. Elle savait tout à ce sujet et elle croyait que tu étais innocent.

— Je suis tellement désolé, dis-je.

— Et Robert, je veux dire Pink Eye, refuse de coopérer. Il m'a dit une chose, mais maintenant il se rétracte. Et sans lui et sans que le procureur ne teste cette preuve ADN... Sa voix se tut.

— Ne pleure pas, dis-je. S'il te plait, ne pleure pas.

Mais les larmes commencent à couler sur son visage. Elle les essuie au fur et à mesure que des nouvelles apparaissent. Après quelques instants, elle abandonne et les laisse couler.

— Ça va aller, Olive, dis-je encore et encore, essayant de la calmer.

C'est un mensonge. Nous le savons tous les deux, mais qui y'a-t-il d'autre à dire ?

Que reste-t-il à faire si ce n'est profiter de cet instant le plus longtemps possible et espérer au-delà de tout espérance que demain soit différent ?

27

OLIVE

REVOIR Nicholas après tout ce temps était censé être une occasion joyeuse. Je voulais célébrer le fait que j'ai découvert la vérité sur qui a tué ces personnes et que, ce faisant, j'ai prouvé que Nicholas était innocent.

Mais alors Meredith a appelée. Keenan refusait d'essayer de résoudre le problème de l'ADN et il était d'autant plus contrarié qu'elle défendait Nicholas. Cela a tellement empiré qu'il l'a virée.

Au début, je pensais qu'il avait peut-être découvert le test ADN, mais heureusement, elle l'a gardé pour elle. Si elle ne l'avait pas fait, elle ferait probablement également face à des accusations criminelles.

Quand elle est partie, je me tourne vers Nancy pour

obtenir des conseils, mais elle n'en a pas. Elle continue de promettre de faire pression sur le bureau du procureur, mais jusqu'à présent, cela n'a pas donné beaucoup de résultats.

Je ne voulais évidemment pas parler de cela à Nicholas.

Je voulais juste profiter de notre heure ensemble. Mais je ne pouvais pas le garder pour moi.

J'ai vu combien il était heureux quand il m'a vu et j'étais bien sûr heureuse de le voir aussi. Mais je ne voulais pas croire que tout allait bien alors que ce n'était pas le cas. Et quand je suis partie, j'ai vu les morceaux brisés de l'homme que j'aime.

Je dois pouvoir faire autre chose pour aider.

C'est pourquoi je suis ici.

Il y a longtemps, deux policiers se sont présentés à notre porte et ont posé des questions sur un homme qui avait été vu pour la dernière fois dans mon immeuble et qui avait ensuite été retrouvé mort.

Il m'a attaqué et a essayé de me kidnapper mais nous ne pouvions pas dire la vérité à la police, alors nous avons menti.

Nous avons menti.

Et puis on a encore menti.

Je monte les marches du lieu où j'ai découvert qu'il travaillait. L'agent à la réception me regarde et je lui demande où je peux trouver l'agent Dockery.

— Pouvez-vous me dire de quoi il s'agit ? demande-t-il sans changer l'expression de son visage.

— C'est un peu personnel, dis-je. Est-ce qu'il travaille ce soir ?

— Donnez-moi une seconde pour passer un appel, dit-il en me montrant les chaises au bout du mur.

Quelques instants plus tard, il raccroche et me dit de descendre dans le couloir et par la double porte.

Je fais comme il dit mais au lieu d'officier Dockery, son partenaire me salue et me serre la main.

Son nom est Benjamin Inglese et il était également là ce soir-là.

Après quelques plaisanteries et quelques anecdotes occasionnelles sur la météo, il me demande pourquoi je cherche Dockery. Je suis ici parce qu'il était bon ami de Nicholas quand ils étaient amis et que leurs vies empruntaient des chemins différents. Mais en regardant dans les yeux sérieux de l'officier Inglese en ce moment, je décide de lui raconter la situation de Nicholas et de lui montrer comment nous pourrions prouver son innocence et la culpabilité d'un autre homme si le procureur se démettait et faisait son travail.

L'agent Inglese écoute et hoche la tête, puis regarde brièvement ailleurs. Qu'est-ce qui se passe ici ? pensé-je. Pourquoi agit-il comme ça ?

— Alors, l'officier Dockery est-il ici ? je demande. Je sais que lui et Nicholas étaient très proches et je pensais qu'il y avait peut-être quelque chose qu'il pourrait faire.

L'officier Inglese secoue la tête et regarde le sol. — Il ne peut rien faire, dit-il finalement.

— Pourquoi ? Que voulez-vous dire ?

— Dockery est mort, ajoute-t-il doucement. Je le regarde, n'enregistrant pas tout à fait ce qu'il venait de me dire.

— Il a été abattu et tué il y a environ deux semaines.

— Je suis tellement désolée, murmuré-je.

— L'êtes-vous, *vraiment* ? Ses yeux brulèrent de colère.

— Oui bien sûr.

— Oui, je me pose des questions à ce sujet.

— Que voulez-vous dire ? je demande, assise dans le fauteuil.

— Eh bien, il travaillait toujours sur le cas de l'homme qui avait disparu de votre appartement, vous vous souvenez de lui ? demande-t-il. Des frissons me parcourent le dos.

Bien sûr que je me souviens. Comment pourrais-je l'oublier ?

— Je ne sais pas trop où vous voulez en venir, dis-je après un moment.

— Mon partenaire avait cette affaire dans le coffre de sa voiture quand il a été tué et sa voiture a été incendiée. Vous ne sauriez rien à ce sujet, n'est-ce pas ?

Je secoue la tête. — Êtes-vous sûre ? demande-t-il. Il a suspecté que quelque chose de mauvais soit arrivé à ce type dans votre appartement et que vous, votre petit ami et votre frère, l'avez couvert.

— Non, ce n'est pas ce qui s'est passé, je mens en connaissance de cause. Je le regarde droit dans les yeux et refuse de détourner le regard.

— Inglese, que fais-tu ? Un autre flic nous aborde.

Je baisse les yeux sur ma main et la cache sous ma cuisse dès que je vois à quel point elle tremble.

— Je suis désolé, me dit le flic. Il est toujours très désemparé par ce qui est arrivé à Dockery, mais il sait, comme tout le monde ici, qu'il a été abattu par un stupide enfant de quinze ans qui a ensuite mis le feu à sa voiture pour dissimuler les preuves.

Je laisse échapper un soupir de soulagement.

— Je suis vraiment désolée pour votre perte, dis-je à l'officier Inglese et à l'autre policier. Seul le flic dont je ne connais pas le nom reconnaît ma déclaration d'un signe de tête.

Je retiens mon souffle quand je me lève pour partir. Je n'aurais jamais dû venir ici, mais comment aurais-je pu le savoir ?

28

OLIVE

QUAND RIEN N'A DE SENS...

LA SEMAINE SUIVANTE, je retourne voir Nicholas. Je ne prends pas de rendez-vous, mais je sais que c'est pendant les heures de visite et j'espère que le gardien lui dit que j'attends.

Il me faut plus de temps que d'habitude pour franchir la file des visiteurs et je fais deux vérifications manuelles en plus de passer par le détecteur de métal.

Une fois que je suis enfin dans la salle d'attente sur le point d'entrer dans la zone réservée aux visiteurs, un gardien s'approche de moi.

— Je suis désolé mais Nicholas Crawford n'est pas disponible pour le moment.

— Qu'est-ce que ça veut dire ? A-t-il eu des ennuis ?
Quelque chose est arrivé ? Je commence à paniquer.

Depuis que je suis rentré de Californie, j'ai
l'impression de me prendre un coup après l'autre.

Je pense immédiatement au pire.

— Je suis désolé, mais je ne peux plus vous donner
d'informations pour le moment, dit le gardien.

Je le regarde mais aussi à travers lui, quelque part loin
derrière lui.

Je suis assise ici sur la chaise froide en métal depuis un
long moment.

C'est seulement quand tout le monde autour de moi
commence à partir que je réalise depuis combien de
temps je suis assise ici.

En sortant de la prison, je me sens au plus bas,
sentiment que je n'avais pas éprouvé depuis
longtemps. Je n'ai aucune idée de ce qui est arrivé à
Nicholas et je ne sais pas s'il est blessé et s'il souffre ou
s'il est seul.

Je ne sais pas s'il a fait quelque chose pour perdre le
privilège d'avoir un visiteur.

Nicholas n'est pas du genre à jouer et s'il l'a fait, il ne le faisait que pour se protéger. Pourtant, cela pourrait être n'importe quoi et ne pas savoir me fait mal au cœur.

Je repense à la naïveté de mes pensées il n'y a pas si longtemps, lorsque tout a commencé.

Je pensais que si seulement j'étais capable de découvrir la vérité, alors tout se mettrait en place.

Tout le monde me croirait et il serait libéré immédiatement. J'ignorais que les rouages de la justice tournaient très lentement et qu'il est presque impossible pour quelqu'un de convaincre le procureur qu'il n'est pas coupable, peu importe les preuves.

J'espère que ce n'est pas le cas de tous les procureurs, mais malheureusement, cela semble être le cas de celui-ci.

Je ne veux pas rentrer directement chez moi et montrer à Sydney la déception sur mon visage, alors je ne fais que conduire.

C'est une journée étonnamment chaude et ensoleillée et j'ai même mis une paire de lunettes de soleil pour bloquer une partie des rayons du soleil.

Je conduis longtemps. J'attrape un peu de nourriture dans le point-relais de Starbucks puis je conduis un peu plus.

Je ne me soucie plus d'être en bonne santé. Je me bourre le visage de sucre, de sucreries et de tout ce qui fera disparaître ma douleur, même si ce n'est que pour un petit moment.

Je n'arrête pas de penser à Nicholas.

Où est-il ?

Est-ce qu'il s'est battu ?

Est-ce que quelqu'un l'a blessé ?

Tout ce que j'ignore me rend malade. Combien dois-je encore supporte ?

Mais quelle autre alternative existe-t-il ?

Je m'arrête, me gare dans un vaste parking d'un grand magasin et me laisse pleurer.

Et dans ce moment de faiblesse, je commence à me demander si je ne suis pas en mesure d'y arriver. Je ne suis pas assez forte pour me battre pour quelqu'un qui est derrière les barreaux et pour attendre qu'il sorte.

Beaucoup de femmes peuvent le faire, même pour celles dont les hommes ont commis les crimes dont ils sont accusés et condamnés, mais suis-je l'une d'entre elles ?

Mais quelle est l'alternative, je m'interroge.

Est-ce que je le laisse juste là ?

Dois-je simplement le laisser là, sachant qu'il est innocent et incapable de faire quoi que ce soit de l'intérieur ?

Mais que puis-je faire à l'extérieur ?

Durant tout ce temps, je pensais en avoir fait beaucoup, mais maintenant tout s'effondre.

Meredith a été licencié pour avoir été trop impliquée et trop du côté de la défense. Heureusement, ils n'ont toujours pas découvert les tests ADN préliminaires, mais cela rend encore plus difficile le fait de convaincre le bureau du procureur de tester l'ADN. Keenan sait qu'Owen devrait être un suspect mais, pour une raison quelconque, il ne veut pas l'accepter.

Je rentre chez moi le cœur lourd. Je me sens coincée et hors de contrôle. J'aime Nicholas et je ne le quitterai jamais, mais je sens aussi que tout ce que je fais n'a ni but ni fin.

L'avenir semble sombre et sans espoir. Avec les preuves qu'ils ont contre lui maintenant, la situation ne fera qu'empirer.

Ils vont poursuivre son procès et le déclarer coupable. Sa peine sera à vie sans possibilité de libération conditionnelle.

Il y aura des appels sans fin mais les chances de gagner l'un d'entre eux sont minces.

Qu'est-ce qui nous arrive ?

Pouvons-nous passer notre vie ensembles séparés par des barreaux ?

Ne jamais se parler en privé ?

Ne jamais se tenir la main ?

Ne jamais se toucher ?

J'ouvre la porte de mon appartement en espérant que Sydney ne s'y trouve pas. Tout ce que je veux faire, c'est être seule en ce moment. Je veux prendre une tasse de thé et me recroqueviller dans mon lit en espérant que tout cela n'était horrible rêve.

— Olive, dit un homme quand je vais dans la cuisine.

S'appuyant contre le comptoir, il incline légèrement la tête alors que ses yeux perçants regardent profondément les miens.

Mon sac tombe par terre. Je secoue la tête et couvre ma bouche avec mes mains d'incrédulité. Il fait deux pas vers moi et passe ses bras autour de mes épaules. Tout mon corps commence à trembler.

— Ne pleure pas, dit-il en embrassant mes cheveux. Ne pleure pas, ma belle.

— Qu'est-ce que... tu... fais... ici ? je marmonne dans sa chemise.

Je le tiens le plus près possible.

Quand il essaie de s'éloigner, je refuse de le laisser partir.

— Ne pars pas, murmuré-je.

— Je ne partirais pas avant un moment, déclare Nicholas.

Ses bras me serrent contre sa poitrine alors que mes mains montent et descendent dans son dos, sentant chaque partie de lui juste pour s'assurer qu'il est réel.

— Que fais-tu ici ? demandé-je, levant les yeux vers lui.

Quand il appuie ses lèvres sur les miennes, ma bouche s'ouvre et le monde extérieur commence à tourner. Son corps est chaud au toucher, complétant parfaitement la froideur du mien. Il tourne légèrement la tête et m'embrasse plus fort et plus passionnément.

— Que fais-tu ici ? je lui demande encore, à travers notre baiser. Je suis allée te voir aujourd'hui et tu n'étais pas là.

— Ah bon ? Oh, je suis désolé.

— Le garde ne m'a rien dit et je pensais que tu avais eu des problèmes, dis-je. Je lève les yeux vers lui et vois soudainement un clin d'œil malicieux. Mon cœur saute un battement.

— Qu'est-il arrivé ? Comment as-tu pu sortir ?

Je sais ce qu'il va dire avant de le dire. Le garde ne m'a rien dit parce qu'il voulait savoir si je le savais déjà.

Mais comment ?

Comment s'est-il échappé ?

Et pourquoi est-il ici ? C'est le premier endroit où ils vont le chercher.

29

OLIVE

QUAND JE DÉCOUVRE TOUT...

— D'accord, Olive, dit Nicholas en tenant mon visage fermement dans ses mains. Je sens mes yeux cligner et regarder fixement les siens. En retour, son regard est stoïque, presque distant.

— Olive, je ne me suis pas enfui, dit-il. Ses mots s'infiltrent lentement.

— Qu'est-il arrivé ?

— J'ai été libéré. L'état du bureau du procureur de la République a ouvert une grande enquête pour corruption. Il est toujours en train de démissionner depuis que l'Etat tente de sauver la face, mais il ne travaille plus là-bas. Quand Nancy a contacté le nouveau procureur, ils ont examiné le dossier et comparé les preuves ADN dont ils disposaient à Owen. Ils ont trouvé une correspondance avec les deux lieux du crime. Nancy a dit qu'ils ne voulaient plus me retenir après cela.

Mes pieds semblent s'effondrer sous mon poids et je fonds sur le sol. Nicholas se met à genoux devant moi, me prenant dans ses bras.

— Tout va bien, Olive. Je suis là avec toi. Je suis libre.

Je blottis ma tête contre son épaule, toujours incapable de croire que c'est réel.

Je sens ses mains avec les miennes et lève lentement ses bras, les pinçant à chaque instant pour m'assurer que c'est vraiment lui. Quand j'atteins ses biceps, il les plie, me surprenant.

Nous rions tous les deux et quand nos yeux se croisent, je vois un bonheur dans le sien que je n'ai pas vu depuis longtemps. Il incline ma tête vers la sienne et rapproche le plus possible ses lèvres sans toucher les miennes.

Je sens son souffle sur moi et respire son doux parfum.

Incapable de prolonger le moment, je me relève et l'embrasse.

Il m'embrasse presque immédiatement, souriant légèrement contre ma bouche. Nous nous embrassons un moment, là par terre. Je veux aller plus loin, mais je veux aussi profiter de ses lèvres le plus longtemps possible.

Son souffle chaud remplit ma bouche et nos langues s'entrelacent ne faisant plus qu'un. Je plonge mes mains dans ses cheveux et il passe sa chemise de haut en bas.

Après avoir passé quelques minutes à se comporter comme des adolescents, il passe sa main sous ma chemise. Je redresse mon dos et l'embrasse plus fort. Il me répond en me déposant doucement sur le plancher de bois franc et en posant son corps sur le mien.

— Ça m'a manqué, murmuré-je.

— Moi aussi.

Nous restons dans cet instant pendant un long moment. Embrasser et ne pas s'embrasser, c'est plutôt se blottir et se faire plaisir en étant l'un avec l'autre.

Mais après un petit moment, les vêtements qui nous séparent commencent à nous gêner. Nous le jetons rapidement et passons au lit.

Il se couche sur les draps à côté de moi et regarde mes seins. Il passe ses doigts sur le contour de mes courbes et je me délecte de ses abdominaux biens dessinés , de ses épaules larges et de sa forte carrure.

Il rit quand je lui pince le fessier, puis grimpe sur moi et le contracte lorsque je l'attrape plus fort.

Il attrape mes cuisses et les écarte .

Il les positionne autour de ses hanches et je me cambre et le tire vers moi.

Il me regarde longuement puis m'embrasse encore. Son baiser est lent et se synchronise avec ses hanches.

À chaque poussée, mon corps semble s'ouvrir un peu plus et l'accueillir un peu plus loin. Je passe mes mains dans son dos et enfonce mes doigts dans sa chair quand je sens mon orgasme approcher.

Il me regarde un instant et j'attends qu'il dise — Dis-moi d'arrêter, ces mots qui résonnent dans ma tête depuis la première fois qu'il me les a dits.

Mais il ne le fait pas.

Au lieu de cela, il pose ses lèvres sur les miennes et gémit mon nom.

Mon corps s'embrase soudainement. Il fait tellement chaud que j'ai le sentiment d'être entourée de flammes. Il pousse encore et encore et la température ne fait qu'augmenter. Il murmure mon nom encore et encore.

Je le retourne et grimpe sur lui. Je presse mes mains sur sa poitrine et arque mon dos tandis que je m'assois sur lui. Maintenant, je peux sentir toute sa longueur tandis que je commence à bouger mes cuisses.

— Je t'aime, chuchote-t-il.

— Je t'aime aussi, dis-je, inclinant la tête et laissant mes cheveux tomber dans mon dos.

Il passe ses mains sur mon ventre, soulève mes seins et finit par me rapprocher de lui.

Une sensation de chaleur commence à se former dans mon cœur. Elle est familière bien sûr, mais cette fois, elle me submerge.

Me prenant complètement par surprise, je crie son

nom et m'effondre sur lui dans un état d'euphorie et de contentement.

Plus tard dans la soirée, après nous être habillés, on frappe à la porte. Je pense que c'est probablement Sydney et elle a peut-être oublié ses clés, mais c'est en fait Meredith.

— Je connaissais ton adresse et une de tes voisines sortait alors elle m'a laissée entrer, dit-elle.

— Nous avons un bâtiment assez sécurisé ici, plaisanté-je. Elle rit. Je l'invite et la présente à Nicholas.

Elle tend la main mais au lieu de la secouer, il s'approche et lui fait un gros câlin.

— Merci beaucoup pour tout ce que vous avez fait pour moi. Olive m'a tout raconté et je ne serais pas là sans vous.

— De rien, dit-elle timidement. J'étais tellement prise par votre histoire dès le début et plus je commençais à enquêter, plus je savais que je devais ce qu'il fallait.

Nous commandons des plats à emporter et pendant

que nous attendons, Meredith nous raconte tout ce qui s'est passé au bureau.

— Je savais que quelque chose se passait avec Keenan depuis environ deux ans, dit-elle. Avant, il se souciait vraiment de son travail, mais il est devenu distrait et absent. Au début, au bureau, nous pensions tous qu'il traversait une crise de la quarantaine, une liaison ou les deux, mais j'ai ensuite entendu des rumeurs selon lesquelles il avait beaucoup de problèmes financiers. Il avait des dettes envers beaucoup de mauvaises personnes en ville. Les pires de tous, comme vous pouvez l'imaginer.

Je hoche la tête et l'invite à continuer.

— Est-ce la raison pour laquelle il a voulu me faire porter le chapeau pour ce qui est arrivé à David et à Nina ? demande Nicholas.

— Je ne pense pas que la corruption et la subornation aient nécessairement à voir avec cela. Je sais que quand cela vous est arrivé, il avait déjà ses habitudes. Il a juste cru que tu l'avais fait et c'était tout. C'est l'une des raisons pour lesquelles il a refusé de tester l'ADN. Il ne voulait pas avoir la preuve du contraire.

— Alors, que s'est-il passé ? demandé-je.

— Nous, au bureau, principalement moi, mais un autre juriste avons également commencé à recueillir des preuves secrètement. Juste tout ce que nous trouvions suspect. Et quand nous pensions avoir une bonne affaire, nous l'avons confié aux autorités. Il a suspecté quelque chose parce que ça correspond au moment où il m'a viré.

Je secoue la tête. — Je pensais qu'il t'avait viré parce qu'il avait découvert que nous avions testé l'ADN.

— Non. Elle sourit. Je n'aurais pas retrouvé mon travail si c'était le cas. Heureusement, personne ne le sait et, espérons-le, personne ne le saura jamais.

— Alors, que va-t-il se passer maintenant ? demande Nicolas.

— Le nouveau procureur travaille sur le dossier contre Owen. Il a accordé à Robert l'immunité en échange de son témoignage et je pense qu'il travaille sur le même accord pour Ricky.

— Wow, c'est génial, dis-je.

— Ils vont lui servir officiellement les papiers et l'arrêter à la prison demain, a déclaré Meredith. Il est déjà incarcéré, alors les deux États devront trouver un arrangement. Je suppose qu'il va d'abord subir un procès pour ce qu'il t'a fait, Olive, puis être extradé ici pour faire face aux accusations de meurtre.

Une sensation d'euphorie mélangée à un soulagement envahit tout mon corps et je me détends enfin.

Owen va enfin devoir faire face à ce qu'il a fait. Il va enfin avoir ce qu'il mérite.

30

OLIVE

QUAND ON LA PRÉPARE POUR LE MARIAGE...

APRÈS LA LIBÉRATION DE NICHOLAS, nous passons tous les instants de notre réveil ensemble et nous n'arrivons toujours pas à nous lasser de l'un l'autre.

Nous dormons tard.

Nous allons déjeuner puis passons nos après-midis au lit.

Nous rions et parlons, nous perdons l'un dans l'autre et ce n'est jamais assez.

Nous allons au cinéma, dînons et dormons dans les bras de chacun. Il habite dans ma chambre et cela ne semble pas déranger Sydney. James n'a pas pu trouver d'emploi à Boston, mais il en a trouvé un à New York et ils envisagent de s'y installer après leur mariage.

Au début, sa grossesse ne semble pas très difficile, mais l'épuisement s'installe. Elle passe donc la plupart de ses jours à planifier le mariage et à faire de longues siestes.

Je continue de vouloir lui parler de l'idée de se marier à nouveau, mais à chaque fois que je les vois, ils ont l'air heureux.

Lorsque j'en parle à Nicholas, il ne me donne pas beaucoup de conseils, à part que certaines personnes peuvent surmonter l'infidélité et peut-être même apprendre à être heureuse à l'avenir, en particulier maintenant qu'elles ont un bébé.

Je veux discuter avec lui, mais en réalité, je ne sais pas si mes arguments sont vrais.

Au fond de moi, je sais qu'elle mérite quelqu'un qui l'aimera autant que Nicholas m'aime et je ne vois pas cela en James. Mais compte tenu de tout ce qui se passe : le bébé et sa mère la coupant de son héritage si elle le quitte, peut-être que Sydney fait ce qui est juste pour elle.

Avec James à New York, travaillant à des heures folles, Sydney reste principalement dans sa chambre. Ce soir, j'insiste pour qu'elle se joigne à nous pour un dîner et un film. À contrecœur, elle accepte.

— Je ne veux pas être la cinquième roue du carrosse, dit-elle en portant sa couverture du lit au canapé.

— Eh bien, tout d'abord, tu n'es pas la cinquième roue, vous êtes deux à l'intérieur, plaisante-t-il.

Cela la fait rire et se blottir dans le canapé. Nicholas nous apporte le thé et s'assied à côté de moi, posant son bras sur mon épaule.

— Vous êtes tellement mignons, dit-elle.

Son ton est désinvolte mais il y a une tristesse dans ses yeux. Je veux lui poser des questions à ce sujet, mais elle n'a pas l'impression de vouloir en parler.

— Alors, comment se déroulent les préparatifs du mariage ? demande Nicholas. Est-ce qu'il y a quelque chose d'autre que nous puissions faire ?

Sydney hausse les épaules et regarde l'écran alors que le logo Netflix se charge. — Non, pas vraiment. Il n'y a même pas grand-chose à faire pour moi. Maman s'occupe de tout.

Et c'est exactement ce qu'elle entend. Sa mère a sélectionné les fleurs, s'est arrangée pour la salle et a choisi le groupe.

Sa mère a pris toutes les dispositions pour la restauration, y compris le type de boisson signature qu'elle aura, le look et le remplissage du gâteau de mariage.

Au début, Sydney semblait résister à tout cela, mais après un moment, elle a simplement abandonné et a ignoré que cela se produisait.

— Ah ! cria Sydney de douleur. Son visage se contorsionne tandis qu'elle essaye de respirer n'y parviens pas.

— Oh, non ! crie-t-elle en attrapant son ventre. Quelque chose ne va pas... ah !

— Nous devons la conduire à l'hôpital maintenant, dit Nicholas en se levant.

— Pas d'hôpital, dit Sydney. Non, je ne peux pas aller à l'hôpital....ah ! Elle se plie en deux, se berçant le ventre.

— Syd, quelque chose ne va pas. Quelque chose pourrait arriver au bébé, nous devons t'aider.

Elle continue à refuser, insistant sur le fait que tout va bien pendant que nous la montons dans la voiture et que Nicholas se précipite à l'hôpital.

Il nous dépose à l'entrée d'urgence et je l'aide à l'intérieur. Une infirmière la met rapidement dans un fauteuil roulant et l'emmène.

Il me faut presque quarante minutes pour remplir tous les documents de Sydney. Principalement parce que je ne connais pas beaucoup de réponses, en particulier en ce qui concerne les antécédents médicaux de sa famille, mais aussi parce que je ne peux me concentrer sur aucune de ces données pour le moment. Mes pensées continuent à lui revenir et à ce qui se passe avec son bébé.

Je tiens la main de Nicholas et espère plus que tout que tout ira bien pour elle et son bébé. Je continue d'essayer le numéro de James et lui laisse cinq messages, mais il ne répond toujours pas. Mais quand Nicolas essaie, il répond.

— En fait, il est à Boston, dit Nicholas en raccrochant. Il sera bientôt là.

— Qu'est-ce que tu veux dire, il est à Boston ? Ne

travaille-t-il pas à son nouvel emploi à New York ?
Sydney a dit qu'il passait des heures folles là-bas.

Nicholas ne me regarde pas dans les yeux et regarde
simplement vers le bas.

— Il la trompe encore, n'est-ce pas ? demandé-je.

Il ne répond pas. Il n'a pas à le faire. Je suis à peu près
certaine que oui.

Nicholas prend ma main dans la sienne. — Je suis
désolé, c'est un abruti, il murmure. Je ne savais pas qu'il
était vraiment comme ça. J'aurais aimé ne jamais les
avoir présentés.

— Moi aussi, je murmure. Sauf que ce n'est pas
vraiment vrai. Sans eux, nous ne nous serions jamais
rencontrés non plus.

Les heures passent. La mère de Sydney passe mais ne
reste pas. Elle dit qu'elle a un événement qu'elle ne
peut pas rater mais qu'elle sera de retour plus tard.
C'est merdique de faire ça mais je suis heureuse de ne
pas avoir à bavarder avec elle dans la salle d'attente.

— Où est-il ? je me tourne vers Nicholas. Sais-tu
quelque chose ?

Il secoue la tête et compose à nouveau son numéro. Quand Nicolas se lève et prend l'appel téléphonique privé, un médecin vient vers moi.

Il me demande si je suis le plus proche parent. Je lui dis qu'elle est ma meilleure amie et colocataire et que sa mère n'est pas là.

— Bien, dit le docteur en souriant légèrement. Elle m'a dit qu'en aucun cas elle ne veut la voir.

Je hoche la tête et fronce le front, ne sachant pas ce qui se passe.

Il me montre sa chambre et je fais signe à Nicholas de venir après lui. Au milieu de la pièce, je la vois assise dans le lit réglable. Son visage est presque sans vie mais il y a un sourire sur son visage. Je laisse échapper un petit soupir de soulagement.

— Vous êtes chanceuse, dit le médecin. Si vous n'étiez pas arrivée ici, vous auriez perdu le bébé.

Elle hoche la tête et regarde Nicholas les larmes aux yeux.

ELLE PASSE la nuit à l'hôpital et je me recroqueville sur la chaise à côté d'elle. James ne vint jamais et sa mère non plus. Je dis à Nicolas de rentrer chez lui mais il reste et dort dans la salle d'attente. Lorsque les infirmières réveillent Sydney avec un plateau de petit-déjeuner et que je prends une gorgée de café, elle me dit qu'elle a pris une décision.

— Je ne vais pas me marier.

— Quoi ? Votre mariage est dans cinq jours.

Elle hausse les épaules.

— Qu'en est-il de tout ce que tu as dit ?

— Ce qui s'est passé la nuit dernière, c'est tout ce que j'avais besoin de savoir sur ma mère et James. J'avais besoin d'eux, mais ils étaient introuvables.

Je suis sur le point de dire quelque chose, mais il est difficile de discuter avec la vérité.

— Je n'en ai pas besoin dans ma vie, surtout si les avoir signifie seulement exister sous leurs conditions.

Je lui donne un signe de tête. Je veux la croire mais j'ai bien peur qu'elle ne le dise que maintenant et qu'elle se marie quand même avec James.

— J'ai entendu ce que Nicholas et toi avez dit hier soir, ajoute-t-elle, sa voix se brisant.

Ma gorge se serre.

Oh non, elle était supposée être endormie.

— Je ne l'étais pas, dit-elle en lisant dans l'esprit. Il était à New York, hein ? Il était à Boston et quand Nicholas lui a raconté ce qui m'est arrivé, il est plutôt allé dans un club de strip-tease.

Une partie de moi-même souhaiterait que nous ayons parlé de cela dans la salle d'attente, mais je sais maintenant que c'est bien pour elle de connaître la vérité, quelle que soit la manière dont elle en a pris connaissance.

— Mon bébé et moi méritons mieux, dit Sydney. Je vais prendre soin d'elle toute seule.

— Elle ? mes yeux s'illuminent. Elle rit et hoche la tête.

— Oui, ils m'ont dit le sexe. C'est une fille.

Je passe mes bras autour d'elle. — Je suis si heureuse pour toi, Sydney. Maintenant, je suis une tante !

— Tu vas être la meilleure tante du monde !

— Je serai toujours là pour toi, lui murmuré-je à l'oreille et la serre pendant un long moment.

31

NICHOLAS

QUAND JE L'INVITE À DINER...

PARFOIS, il faut travers beaucoup d'épreuves merdiques pour se rendre compte de la chance que l'on a.

Ces dernières semaines avec Olive ont changé ma vie. Je pensais que je l'aimais avant mais maintenant mon amour s'est décuplé.

Être avec elle dans un lieu réel et être un couple normal, sans le drame de ce que nos vies étaient avant, m'a permis de comprendre exactement pourquoi je veux passer le reste de ma vie avec elle.

La vraie vie c'est des moments quotidiens. Vous pouvez avoir un amour explosif qui vous transporte d'un jour à l'autre, mais c'est les moments les plus important qui comptent.

La personne à marier est celle avec qui vous voulez vous asseoir sur le canapé pour toujours.

C'est la personne qui peut vous faire rire et remplir votre cœur d'excitation et de bonheur.

C'est la personne avec qui vous voulez partir à l'aventure, la vie étant la plus grande aventure de tous les temps.

Je l'invite à dîner dans notre restaurant préféré. Il est moderne et élégant, mais pas particulièrement haut de gamme.

Il est confortable et c'est l'endroit où nous sommes allés à plusieurs reprises depuis ma libération. Au départ, j'avais prévu d'attendre le dessert, mais j'e suis trop nerveux pour prolonger ce moment encore plus longtemps.

Dès que le serveur nous apporte nos boissons, je me met sur un genou et regarde dans ses beaux yeux écarquillés.

— Olive Kernes, je t'aime depuis l'instant où je t'ai

rencontré. Et c'est une chose difficile à admettre pour moi puisque je ne crois pas au coup de foudre.

Elle laisse échapper un petit rire mais son corps continue de trembler.

— Olive Kernes, me rendrais-tu l'homme le plus heureux du monde en m'épousant ?

J'ouvre la boîte et la regarde. Elle ne regarde même pas la bague et se contente de me regarder dans les yeux. De grosses larmes coulent sur ses joues. Elle couvre sa bouche avec sa main et hoche la tête.

— Est-ce un oui ? demandé-je, pleurant également.

— Oui, elle arrive à dire entre ses sanglots. Oui, un million de fois oui.

Notre nourriture arrive quand nous essuyons encore nos dernières larmes. Les gens autour de nous applaudissent et célèbrent avec nous et le serveur nous apporte une bouteille de champagne gratuite.

— Quel genre de mariage veux-tu ? je demande, prenant une bouchée de ma salade. Elle ne répond pas tout de suite, mais se tourne plutôt vers la bague en diamant sur sa main gauche.

— Ce n'est pas une vraie, non ? demande-t-elle après un moment.

Je hausse les épaules.

— Allez, ça doit être trois carats ou quelque chose de ridicule. Elle rit.

— Quelque chose de ridicule, dis-je timidement.

— As-tu sérieusement dépensé tout ton argent dans cette bague ? Parce que si oui alors tu as de gros problèmes.

Je ris encore, mais elle me donne un coup de pied sous la table jusqu'à ce que je m'arrête.

— Laisse-moi être honnête avec toi, dis-je en buvant une gorgée de champagne. Elle a trois carats et demi, avec le diamant de la plus haute qualité et une bande de platine.

Olive secoue la tête avec incrédulité.

— Mais je n'ai pas dépensé tout mon argent dans ça. En fait, en théorie, c'est notre argent, tu te souviens ? Le Monet valait bien plus que ce que nous pensions et j'ai pu en retirer dix.

— Dix ? Dix quoi ?

Je fais un léger signe de tête.

— Dix millions ? demande-t-elle, murmurant le mot million tout en regardant autour de la salle en espérant que personne n'écoute notre conversation. Je hoche la tête.

— Es-tu sérieux ?

Je lui fais un autre signe de tête.

— Mais... comment ? demande-t-elle. Owen ne m'a pas dit où il l'avait caché et il n'allait pas te le dire.

— Bien sûr que non. Je ris. Mais c'est une créature avec des habitudes. Il ne connaissait pas beaucoup de personnes extérieures auxquelles il pouvait faire confiance et il ne pouvait certainement pas le mettre dans un coffre, alors il l'a caché au seul endroit qu'il connaisse.

— Où ? demande Olive.

— La maison de ta mère.

— Vraiment ? demande-t-elle en crachant son croûton. Es-tu sérieux ?

Je hausse les épaules et lui envoie un sourire.

— Oh mon Dieu, j'ai été si bête de ne pas avoir vérifié là-bas.

— Eh, c'était juste un hasard qu'il soit là-bas, dis-je généreusement. J'ai estimé qu'il valait la peine d'y jeter un coup d'œil et il s'est avéré que ça en valait bien plus que ça.

— Comment as-tu fait cela ? demande Olive en saisissant un morceau de pain français et en le cassant en deux.

— De la même manière que je l'ai toujours fait, dis-je en haussant les épaules. Je me suis faufilé une fois pour voir s'il était là, j'ai pris des photos, fait une réplique, puis je me suis faufilé à nouveau et je l'ai changé.

Olive commence à rire. — Owen va être tellement en colère, dit-elle. Honnêtement, je suis un peu surprise que ma mère ne l'ait pas vendu.

— Je ne pense pas qu'elle savait que c'était un vrai. Je pense qu'elle le garde pour des raisons sentimentales.

— Eh bien, dans ce cas, elle devrait être parfaitement heureuse avec le faux, dit-elle, me prenant la main à ses lèvres et l'embrassant.

— Tu n'as jamais répondu à ma question, je précise quand notre dessert arrive.

— Laquelle ?

— Quel genre de mariage veux-tu ?

32

OLIVE

QUAND ON ÉCHANGE NOS VŒUX...

Nous allons ensemble au palais de justice deux jours plus tard. Je porte un jean et un haut en tricot blanc. Au lieu de talons en satin, je porte des bottes en cuir végétalien mi-mollet.

La journée est maussade et froide, mais je ne sens rien de tout cela dans mon cœur et mon esprit. Je suis sur le point d'épouser mon meilleur ami et l'amour de ma vie et je sais que, peu importe ce qui se passera dans le futur, mon amour pour lui et son amour pour moi ne changeront jamais.

Je ne voulais pas porter de robe ni même une robe et même ça ronge Sydney de l'intérieur, elle se mord la langue et me laisse faire ce que je veux.

Je sais que cette journée est censée être spéciale et nous la rendons spéciale en s'habillant, mais dans mon cas, je préférerais simplement porter ce que je préfère, sachant que ce sera spécial dans tous les cas.

En entrant dans le cabinet du juge, je ne ressens aucun regret. Quand mes yeux rencontrent ceux de Nicholas et il me fait un clin d'œil, je sais que nous allons être heureux pendant très longtemps.

— Moi, Nicolas, je te reçois, Olive, comme mon amie, mon âme sœur et ma femme. Je me donne à toi dans la richesse et la pauvreté, dans la maladie et la santé, dans le bonheur et dans les épreuves, dans l'échec et le triomphe. "

Les larmes commencent à couler sur mon visage alors que mon corps tremble. Sa voix se brise un peu alors qu'il continue — Je promets de te chérir et de te respecter, de prendre soin de toi et de te protéger, de te réconforter et de t'encourager, et de rester à tes côtés pour toute l'éternité.

Je prends une profonde respiration. Maintenant c'est mon tour.

— Moi, Olive, je te reçois, Nicholas, comme être mon mari, mon partenaire et mon seul véritable amour. Je te chérirai et t'aimerai pour le reste de mes jours. Je te ferais confiance et te respecterai, rirai avec toi, pleurerai avec toi et t'aimerai dans les bons et les mauvais moments.

— Nicholas, voulez-vous prendre cette femme comme épouse ? demande le juge.

— Oui je le veux, chuchote-t-il en me serrant la main.

— Olive, voulez-vous prendre cet homme comme époux ?

— Bien sûr, je marmonne à travers les larmes. J'entends leurs rires derrière moi.

— Tu es censé dire — Oui je le veux, chérie, dit Josephine. Elle a pris l'avion la nuit dernière juste pour assister à ce moment.

— Réessayons, suggère le juge et me redemande.

Je le regarde dans ses yeux et souris.

— Oui je le veux, dis-je et nous avons mis nos alliances.

— Par le pouvoir que m'a conféré l'État du Massachusetts, je vous déclare maintenant mari et femme. Vous pouvez embrasser la mariée.

Nicholas me prend dans ses bras et appuie ses lèvres sur les miennes.

UN AN ET UN DEMI PLUS TARD...

COUCHÉE sur le dos dans l'eau fraîche et rafraîchissante, je le regarde de loin. Les vagues ne sont pas très fortes aujourd'hui, mais Nicholas est toujours sur sa planche de surf en se donnant au maximum. Il a l'air aussi musclé et sexy que jamais et avec ce bronzage doré, il a l'air encore plus magnifique.

Je regarde l'eau turquoise couler sur mes doigts pendant que je les plonge au-dessous de l'horizon et savoure son goût salé avec ma langue.

Nager est devenu rituel pour nous un en milieu de matinée au cours de l'année dernière et nous planifions même nos sorties pour nous assurer de ne pas les manquer. Ce matin, cependant, je dois couper court à la natation.

— Tu y vas déjà ? crie Nicholas, se levant après avoir chevauché une autre vague.

— Oui, j'ai du travail à faire, dis-je en me dirigeant vers le rivage. L'apesanteur que j'ai ressentie a disparu et je me rappelle aussitôt à quel point je suis lourde. Encore un mois à tenir, me dis-je en frottant mon énorme ventre.

Je marche sur le sentier sablonneux qui mène à notre chalet. Un palmier à proximité s'agite sous la brise légère. J'ouvre la porte de la palissade blanche et jette un coup d'œil aux volets bleus fraîchement peints.

À L'INTÉRIEUR, je pose l'ordinateur portable sur la table de la salle à manger juste à côté de la fenêtre donnant sur l'océan et regarde Nicholas partir à l'assaut d'une autre vague.

J'ouvre l'ordinateur et fais défiler les cinq chapitres que j'ai déjà écrits. Maman, que j'appelais Josephine autrefois, m'a donné l'idée et c'est à elle que ce livre, qui raconte comment nous sommes tombés amoureux, est dédié.

Je regarde mes notes sur ce que je veux raconter dans le chapitre suivant et commence à écrire.

Merci d'avoir lu Dis-moi de me Mentir !

Si vous avez aimé l'histoire d'Olive et Nicholas, je sais que vous aimerez l'histoire d'amour entre Aiden et Ellie. Elle est sensuelle, décadente et il est impossible d'y résister.

CLIQUEZ POUR OBTENIR Soirée interdite maintenant !

Je ne devrais pas être ici.

Je suis complètement dépassée, mais j'ai des dettes à payer.

Ils m'appellent. Les projecteurs s'allument. **La vente aux enchères commence.**

M. Black est le plus gros enchérisseur. Il est brun, riche et puissant. Il aime jouer.

La seule règle est qu'il n'y a pas de règles.

Ce n'est que pour une nuit.

Quel serait le pire qui puisse arriver ?

CLIQUEZ POUR OBTENIR Soirée interdite maintenant !

INSCRIS-TOI À MA NEWSLETTER !

Tu veux être le premier à être informé de mes prochaines
ventes, de mes nouvelles sorties et de cadeaux exclusifs ?
Rejoins mon groupe de Facebook !

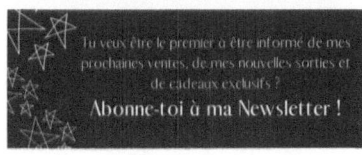

Tu veux être le premier à être informé de mes
prochaines ventes, de mes nouvelles sorties et
de cadeaux exclusifs ?
Abonne-toi à ma Newsletter !

À PROPOS DE CHARLOTTE BYRD

Charlotte Byrd est une auteure de best-sellers de romans contemporains. Elle vit en Californie du Sud avec son mari, son fils et un berger australien plein d'énergie. Elle adore les livres, le beau temps et les grandes eaux bleues.

Contactez-la ici : charlotte@charlotte-byrd.com

Trouvez ses autres livres ici : www.charlotte-byrd.com

Suivez-la ici : www.facebook.com/charlottebyrdbooks

Instagram : www.instagram.com/charlottebyrdbooks

Twitter : www.twitter.com/ByrdAuthor

Groupe Facebook : Charlotte Byrd's Reader Club

Tu veux être le premier à être informé de mes prochaines ventes, de mes nouvelles sorties et de cadeaux exclusifs ?

Abonne-toi à ma **Newsletter** et rejoins mon **Club de Lecteur** !

LIVRES DE CHARLOTTE BYRD

Tous les livres sont disponibles chez TOUS les grands distributeurs !

Si tu n'arrives pas à les trouver, s'il te plaît, envoie-moi un e-mail à l'adresse charlotte@charlotte-byrd.com

Série Soirée interdite

Soirée interdite

Règles interdites

Liens interdits

Contrat interdit

Limites interdites

La trilogie de La maison de York

La maison de York

La couronne de York

Le trône de York

Série Emmêlée Dans La Glace

Emmêlée Dans La Glace

Emmêlée Dans La Douleur

Emmêlée Dans La Dentelle

Emmêlée Dans La Haine

Emmêlée Dans l'Amour

Série Dis-moi d'Arrêter

Dis-moi d'Arrêter

Dis-moi de Partir

Dis-moi de Rester

Dis-moi de Fuit

Dis-moi de Lutter

Dis-moi de Mentir

www.ingramcontent.com/pod-product-compliance
Lightning Source LLC
Chambersburg PA
CBHW052021240626
47153CB00006B/1907